"O day and night, but this is wondrous strange"

FLATLAND

第二及修订版
1884
正方形（Edwin Abbott Abbott） 原著
陈凤洁 译

平面国
一个多维的传奇故事

大连理工大学出版社
Dalian University of Technology Press

图书在版编目(CIP)数据

平面国：一个多维的传奇故事／（英）艾勃特著；
陈凤洁译． — 大连：大连理工大学出版社，2013.1
（2024.1重印）
ISBN 978-7-5611-7531-6

Ⅰ．①平… Ⅱ．①艾… ②陈… Ⅲ．①科学幻想小说
—英国—现代 Ⅳ．①I561.45

中国版本图书馆CIP数据核字（2012）第313860号

大连理工大学出版社出版

地址：大连市软件园路80号　邮政编码：116023
发行：0411-84708842　邮购：0411-84708943　传真：0411-84701466
E-mail:dutp@dutp.cn　URL:https://www.dutp.cn
大连图腾彩色印刷有限公司印刷　　大连理工大学出版社发行

幅面尺寸：130mm×185mm　　印张：5.5　　字数：79千字
2013年1月第1版　　　　　　　　2024年1月第9次印刷

责任编辑：刘新彦　　　　　　　　　　　　责任校对：李云霄
　　　　　　　　　　封面设计：冀贵收

ISBN 978-7-5611-7531-6　　　　　　　　　定　价：25.00元

Edwin A. Abbott(1838—1926)

(插图由作者本人绘制)

献 词

献 给
所有空间的居民，**特别**是 H. C.
本著作出自一名卑微的平面国国民
他未被引领至认识**三维**的奥秘前
只熟悉**二维**世界
他期望在天上领域的居民
和他一样能追求更高更高的境界
去了解**四维**、**五维**，**甚至六维**的奥秘
从而为扩展想象力
在**可敬人类**的卓越民族中
尽可能培养最稀有和极度优秀的天赋——**谦逊**
作出贡献①

---

① H. C. 是 Howard Candler，作者的最好的朋友，也是终身朋友。见 E. A. Abbott, *Flatland——An Edition with Notes and Commentary by W. F. Lindgren & T. F. Banchoff*, p. 13, Cambridge University Press, Cambridge, 2009. ——译者注。

译本弁言

第一次认识"方先生"(A Square)是在四十年前,当时我刚从研究生院毕业,留在美国教书。独居异乡,教书及做研究之外,别的时间多用来看书。看的书种类颇杂,其中一本便是 Edwin A. Abbott 的小说 *Flatland——A Romance of Many Dimensions*。

那个时候我只觉得小说很好看,虽然并没有完全看明白作者所用的老式英语。书写成于 19 世纪后期,乃英国维多利亚女皇(Queen Victoria)时代。根据有些文学评论家的说法,作者还特意仿效 16 世纪英国伊丽莎白一世(Queen ElizabethⅠ)时代的英语。事实上,作者本人是一位研究英国 16 世纪文豪莎士比亚(William Shakespeare)的文学作品的专家。

在过去十年间我在香港大学开了一门数学通识

课,名为"数学:文化的传承",每年的课都用了至少两节谈到数学与文学,Flatland 被用作其中一个讨论题材。为了教书,我不只是把书重读,也兼读了一些评论文章,包括好些该书出版时(1884 年)的评论文章。两年前内子动了把该书翻译成中文的念头,我从旁协助,也就把书仔细重读一遍,体会亦更深。尤其有两本由数学家撰写的注疏本互相参照①,读来更有兴味。

原书的副题"一个多维的传奇故事"语带双关,足见作者的精心安排。作者喜欢用双关语与读者玩文字游戏,书中不时引用英国某些文学作品的语句,稍作修改以符合他的用意。最初阅读时我固然无从察觉这些微妙之处,即使后来再读多遍,也要读了注疏本才得知。例如,开首他把书的作者称为"方先生",我初读时只理解为一个正方形的国民介绍他的世界和自述他的经历,后来才晓得原来名字已暗藏

---

① Edwin A. Abbott, *The Annotated Flatland: A Romance of Many Dimensions*, Introduction and Notes by Ian Stewart, Perseus Publishing, New York, 2002.
Edwin A. Abbott, *Flatland, An Edition with Notes and Commentary by William F. Lindgren and Thomas F. Banchoff*, Cambridge University Press, Cambridge, 2009.

玄机,是双关的"A 平方(两次)"即 AA,也就是作者本人的名字 Abbott Abbott 的缩写!

  为什么是"多维"的传奇故事呢? 固然书的内容讲述一个三维世界的居民("圆球先生")进入二维世界,企图拓宽二维世界居民(特别是"方先生")对空间的认识,这儿的"多维"的确是指数学名词的"维"(dimension)。但读毕全书,我们便知道作者在书中讨论了不少主题,而且本书不仅是数学虚幻小说,也是介绍四维概念的数学普及读物,又是针砭当时英国阶级社会的讽刺小说,也是倡议女权的先锋作品,甚至有些评论家认为它是一篇宗教灵性寓言小说[1]。总而言之,"多维"可以看作日常用语的"多面观",小说包括好几方面的叙述和讨论,用意颇深且广,有待有心的读者慢慢仔细玩味。

  虚幻(fantasy)、讽刺(satire)、寓言(allegory)兼备的小说中外都有不少,英国 17 世纪有 John Bunyan 的 *Pilgrim's Progress From this World to that Which Is to Come*(天路历程),18 世纪有 Jon-

---

[1] Edwin A. Abbott, *Flatland: A Romance of Many Dimensions, with an Introduction by Rosemary Jann*, Oxford University Press, Oxford, 2006.

athan Swift 的 *Gulliver's Travels*（格列佛船长游记），中国16世纪有明代吴承恩的《西游记》，19世纪有清代李汝珍的《镜花缘》。所有这些虚幻小说的主人公总是以访客身份到了一些奇幻之境，说出他们的历险故事。*Flatland* 的手法有些特别，主人公是住在奇幻之境的居民，访客来自他方（是我们熟悉的三维世界），主人公讲述他如何感受到来自三维世界的访客的奇妙之旅。

也许这又是作者的精心安排，为介绍四维世界铺路。从三维世界看二维世界，对我们来说毫无困难，就如同书中的"方先生"看一维世界毫无困难一般。但明白了低一维世界的居民如何感受到来自高一维世界的访客的奇妙之旅，我们便能较好地明白四维甚至更高维的世界是什么模样。值得注意的一件事，是四维世界在19世纪后期的西欧，并没有局限于数学范畴，在一般文化界亦颇受注意，是个流行的话题。就连与此有关的几何课题，如四维时空，非欧几何，也不时在文学作品中出现，例如 Herbert George Wells 的 *The Time Machine*（时间机器）讲述穿梭时空的经过，又例如 Fyodor Dostoyevsky 的 *The Brothers Karamazov*（卡拉马佐夫兄弟）也引用了当时的新兴事物——双曲型几何——作宗教讨论,可见数学在当时并非只限于数学家的讨论而已。

反过来,19世纪西欧的数学家也留意文学作品。有名的英国数学家 James Joseph Sylvester 曾经有一段时期移居美国,至1883年回到英国牛津大学担任讲座教授席位,过了不久 *Flatland* 便面世。他曾向另一位有名的英国数学家 Arthur Cayley 推荐该书,认为大学生应该人手一本,以便更好地了解高维空间。有人甚至推测第一则评论该书的文章(刊于 *The Oxford Magazine*,1884年11月5日号)虽然不具名,却是出于 Sylvester 的手笔。

Sylvester 早于1869年12月在一个著名演讲中(文本后刊登于 *Nature* 杂志)便提出数学的推广及抽象不应只局限于可观察的事物(虽然那也是十分重要的),更在于可想象(conceivable)的概念,例如高维几何便非不可想象的概念。过了将近150年后,今天我们对三维以至四维空间并不感到诧异,既然可以向左走、向右走,便可以向前走、向后走,又可以向上走、向下走。还有没有再多的另一个"方向"呢?懂物理的人会说:可以想象向过去走、向未来走,也就是物理学的四维时空了。但其实从纯数学的角度看,我们并不需要依赖可观察的事物,(虽然时间并非容易捉摸的可观察事物,例如在可观察的范围内,为何时间只能前进而不可后退呢?)只要事物变化的自由度有多少,我们便可以把情况表为多少维空间的点。这样看来,在书中第 19 章"方先生"对"圆球先生"的提问是完全合理而且是不难回答的,只是,那一步的思想飞跃需要开放的襟怀和广阔的眼光。

作者 Edwin A. Abbott 是位颇富色彩的人物,是一位教会的会吏和牧师,也当了一所著名中学(City of London School)的校长 25 年。同时他又是一位神学研究者,一位研究莎士比亚文学作品的专家,一位古典文学(指拉丁文和希腊文)学者,著作甚丰,不下五十多种书。作者在中学的成绩很好,毕业时获颁奖学金进入剑桥大学攻读古典文学,曾获古典文学优越成绩的奖章。他的数学成绩也不俗,在著名的剑桥数学考试中排名属于前列。(虽然他不是专修数学,但他在中学受过的数学训练,令他满有信心报考著名的剑桥数学考试。这也说明了为何他写作 *Flatland* 时,对数学概念掌握得如此清晰。)剑桥大学毕业后他在两所中学任教了几年,1865 年回到母校当上校长,是少有的年轻校长,只有 26 岁。但他的用心与魄力,赢得学校同仁敬佩,把学校变成一所非常出色的中学。他亲自执教,是众多学生心目中的良师。1889 年他反对校董会削弱古典文学的教学,为了维护古典文学在课程的地位他不惜辞职,但答应翌年才离任,以便校董会找到新校长。由此可见其人的择善固执、敢于反抗但又尽忠职守、以学生为重的性格。

作者思想开明,不带偏见,在当时的社会与宗教氛围下,是位敢言敢做的改革派分子,既对他自己学校的课程作出改革,也大力帮助女性争取权益。在 *Flatland* 中他处处触及这些话题。初时有些读者看不透,还以为作者是蔑视女性的人!不知道是否因为这个缘故,作者在生时被外界称许的众多著作竟然缺了 *Flatland* 这本书,这本书甚至鲜为人知。然而,百年后 Abbott 的五十多种著作已经很少被提及,倒是 *Flatland* 却成了他的传世之作!

翻译 *Flatland* 不是一件容易的工作,不单是因为书中所用的老式英语,也是因为作者注入的多面观思想。该书出版后不久,著名的文学科学评论期

刊 *The Athenaeum*（1884年11月15日号）对它有这样的评语：

"这本离奇幽默的书……似乎含有某种用意，但那究竟是什么却难以找出来。"

冯友兰在他的 *A Short History of Chinese Philosophy*（1948年出版，有赵复三的中译本《中国哲学简史》）说到了要旨：

"任何翻译的文字，说到底，只是一种解释。当我们把《老子》书中的一句话译成英文时，我们是在按照自己的理解来阐述它的含义。译文通常只能表达一种含义，而原文却可能还有其他层次的含义。原文是提示性质的，译文则不可能做到这一点。于是，原文中的丰富含义，在翻译过程中大部分丢失了。"

他指的是中译英，显然英译中也会出现同样的问题。不过，对于不习惯阅读英文原著的读者，有中译本总比没有好。或者，由此引起读者的兴趣去阅读原著，仔细思考玩味，各人有各人不同的领会，便更佳矣。

我读毕全书,感到特别强烈的信息是作者毫不留情地揭示人类的愚昧无知、思想封闭、企图以权力压制真理的粗暴行为。证诸我们周围正在发生的事情,令人不无感触,使人怀疑盲目迫害与自己意见不同的人是否是多数人的本性,抑或是权力的腐蚀?(刚开始写作这篇弁言之际,传来捷克前总统、诗人、剧作家、文人政治家、思想家、人权分子 Vaclav Havel 逝世的消息,一方面使人哀伤,另一方面我们也从这位以人性为本的伟人的逝世所带来的怀念得到启示。Havel 说的"真话与爱心必将战胜谎言与仇恨"正是"无权力者的权力",在黑暗中是个希望。)

Flatland 中用了末尾五章讲述"方先生"如何解放思想,不囿于一己之见,接受自己的世界以外"天外有天"。作者巧妙地以"方先生"梦见一维国王的经历来对比"方先生"起初相遇"圆球先生"的愚昧,后来他更巧妙地借助"圆球先生"拒绝接受高维世界这个概念的强烈反应,重复"方先生"之前的封闭无知,以讽刺三维世界居民的同等愚昧!

我们常常自以为高人一等,嘲弄别人的封闭无知,却不知道自己其实也是同样封闭无知。因此,我们必须时常提醒自己,要虚怀若谷,包容别人。结尾时作者还添加一笔,介绍了零维空间居民之"目中无人",虽然自我感觉良好,却令外人觉得他很可怜!这令我想起古希腊哲人的一个譬喻:我们的知识犹如一个圆,处于未知的平面中,每当知识增多,圆便增大,但圆周也越长,触及的未知成分也越多。所以,知识越多的人,越知道自己无知。我们学无止境,其乐无穷,倒不必像日耳曼传说中的浮士德(Faust)那样,为了担忧"生也有涯,知也无涯"而把自己的灵魂出卖予魔鬼了!

萧文强

2011 年 12 月于香港

鸣　谢

翻译这本字数不多的著名作品,从酝酿到完成工作,历时超过两年。工作过程如此缓慢,其中原因是译者工作不够勤快,但最重要的原因是这本著作的细节不容易明白。原著最早出版于 1884 年,以英国维多利亚女皇时代的英语写作。译者的英语水平有限,对此时代的英语不熟识,因此花很多时间去理解作者的原意。译者幸运地找到 Ian Stewart 的版本(*The Annotated Flatland——A Romance of Many Dimensions*, *Introduction and Notes*, Ian Stewart, Perseus Publishing, New York, 2002),从中明了原著写作时的背景;其后又找到 Lindgren 和 Banchoff 的版本(*Flatland——An Edition with Notes and Commentary*, W. F. Lindgren&T. F. Banchoff, Cambridge University Press, Cambridge, 2009),明白了原著中很多令人费解的字句。其后,译者又从网上找到陈忱的中译本(《神奇的二维国》，陈忱，科学普及出版社，1991年)，翻译工作因而得到很大的帮助。翻译的初稿得到台湾九章出版社孙文先先生的协助，修正了不少错漏，到定稿时孙先生再三协助斧正，又答允出版此译本。香港大学数学系萧文强教授在整个翻译过程中一直对译者提供协助，并为译本撰写弁言。译者谨向孙先生及萧教授致谢。

陈凤洁

2011 年 12 月于香港

第二及修订版序言

如果我那位不幸的平面国朋友,还像当初写作此回忆录那样脑筋灵活,现在我便不用代替他写这篇序言了。首先,他衷心感谢空间国的读者和评论者,他们出乎意料迅速给予的评价,令他的作品有必要再版;其次,他要为一些错误和错排道歉(虽然这些不能全部归罪于他);另外,他要解释一两个错误的观念。但是,他现在不再是当年的那个正方形,原因是经过多年的监禁,又被人怀疑和嘲弄而受尽沉重困扰,再加上年老的自然衰退,他已经失去大部分思维和智力。他在空间国的短暂逗留期间所学到的很多学术名词也逐渐从脑海中消失。因此,他要求我代表他回应读者对他的两项反对意见,一项是学术上的,另一项是道德上的。

读者的第一项反对意见是认为当平面国的国民

看到直线时,他的眼睛看到的直线一定有**厚度**和**长度**(如果没有厚度,是不能看到的);因此,(读者认为)他应该承认他的同胞不单有长度和宽度,而且有(虽然毋庸置疑极为微小的)**厚度**或**高度**。这项反对意见貌似有理,而且对空间国的国民差不多是无可抗拒,因而当我最初听到时也不知道怎样回应。但是在我看来,我这位可怜的老朋友给出的回答完全解答了问题。

当我向他提及这项反对意见时,他说:

"我承认批评的人所说的是事实,但是我不同意他的结论。在平面国,事实上我们真的拥有未被认出、称为'高度'的第三维,就如同在你们空间国真的拥有未被认出的第四维,目前它还没有名字,让我姑且称之为'超高度'。我们对'高度'的认识,不会多于你们对'超高度'的认识。我虽然曾经到过空间国,有幸认识了'高度'24小时,但至今仍未弄懂它,也不能用视觉或论证方法来理解它,我只能凭信念去领会它。

"理由很简单。维表示方向,表示量度,表示大小变化。既然我们所有线的厚度(或高度,随你怎么说)是**相等**且**极微小**的,它们便不能引领我们想到那个维的概念。空间国一名性急的评论者提议使用'精密测微计'来量度,但我们没有这样的仪器,就算有这样的仪器,也不知道**要量度什么**,不知道**在什么方向量度**。直线对我们来说,是长的和**光亮**的;直线的存在必须有**亮度**和长度;如果直线的光亮消失,直线也陨殁了。因此,当我与平面国的朋友谈及一种未被认出但仍然能看得见的维时,他们会说:'啊,你是指**光亮**!'而当我回答:'不是,我是指真正的维。'他们会马上反驳说:'那么,量度它,或者告诉我们它向哪个方向延伸。'我便顿时语塞,因为两件事我都不能办到。就在昨天,当圆形首长(即我们的教士领袖)来到国家监狱作每年的例行巡视,这是他第七次来探望我,也是第七次向我提出同样的问题:'你好了一些没有?'我尝试向他证明他本人除了有长度和宽度外,也有**高度**,虽然他自己不知道。但是他的回应是:'你说我有**高度**?量度我的**高度**吧,那么我便可以相信你。'我可以怎样做呢?我可以怎样应付他的挑战呢?我被击退了,他以胜利者的姿态离开房间。

"你们还觉得奇怪吗?设想你置身于同一情境:

有人从第四维空间纡尊降贵来探访你,对你说道:'当你打开眼睛看到平面(那是二维),而你**推论**是立体(那是三维),但是实际上你还见到第四维(虽然你不能认出来),那不是颜色,也不是光亮,而是真正的维,但我不能给你指出它的方向,你也没有办法量度它。'你会怎样回应这名访客呢?你会把他关押起来吗?嗯,这就是我的命运。我们平面国的人把一名宣扬第三维讯息的正方形关押起来,和你们空间国的人把一名宣扬第四维讯息的立方体关押起来,同样都是自然不过的事情。噢,不论在任何维的空间,人们的盲目和迫害他人的本性都是一脉相承的!点、线、正方形、立方体、超立方体——我们都可能犯同样的错,我们都同样在各自的维的空间被偏见所奴役,一如空间国的一位诗人所说:'大自然令所有人都相似。'"①

对我来说正方形在这观点上的辩白是无懈可击的,但愿我可以说他对第二项(即道德上)指控的辩白,是同样的清晰和有说服力。有人反对他,认为他

---

① 作者要求我说明,评论者当中有些人在这方面的概念不正确,使他有必要在第16章和第19章中添加入他与圆球的对话,又添加了一些在此观点上的论述,初时他以为那是冗长的,不必要的,所以略去了。

憎恨女人,特别是按照大自然法则人口略超过半数的人士反对尤为激烈。我冀望能以正当方法消除这项指控,但是正方形不习惯使用空间国有关道德的词汇,如果我把他的辩白原原本本地抄录下来,仍不能准确地表达他的想法。因此,我作为他的代言人为他概述他的经历,把我的理解说出来:他经过七年的监禁,已经修正了有关女人和有关等腰三角形(即低下阶层)的个人观点。目前,他个人倾向同意圆球的见解,即在许多重要问题上,直线比圆形更为优越。但是,以历史学家身份著述时,他却认同(也许过度认同)平面国历史学家一般采纳的观点,甚至认同空间国历史学家的观点(这是他在空间国时所获悉的)。这些历史学家在其著作中(直至更近期),很少会认为女人与平民大众的命运值得提及,而且从来不会细心考虑有关问题。

一些评论者理所当然地认为他的思想有圆形人士或贵族的倾向,但是他在著作的一段更隐晦的段落中否认了这项指控。他恰如其分地认为有些圆形人士的智力的确在许多代都比大多数同胞更为优越,但同时他相信,在平面国发生的事情本身,不用他多作评论,已经宣告了革命不一定可以用屠杀来制止。他也相信,大自然决定了圆形人士不能生育这一事实,已经判定他们最终将失败。"于此,"他说,"我看到一个普世的大定律之实现:当人类的智慧以为某项事情可行,大自然的智慧却迫使另外一项大不相同但却是更好的事情发生。"至于余下的,他恳请读者不要以为在平面国的各项日常细微小节,一定能对应于空间国的某一细节;然而,他希望他的著述整体上能引起空间国一般谦逊百姓的联想和兴趣,当他们在面对经验以外的重大事情时,不会一方面说"这是永远不可能的,"另一方面又说"应该确切如此,我们早已完全知道了。"

E. A. Abbott

1884

目 录

第一部分——这个世界 ············ 1

1. 平面国的本质 ············ 3
2. 平面国的天气与房屋 ············ 6
3. 平面国的居民 ············ 10
4. 平面国的女性 ············ 15
5. 在平面国辨认人的方法 ············ 22
6. 以视觉辨人 ············ 29
7. 不规则图形 ············ 37
8. 古时涂色的习俗 ············ 42
9. 全民颜色法案 ············ 46
10. 镇压颜色叛乱 ············ 52
11. 平面国的教士 ············ 58
12. 教士的教义 ············ 62

第二部分——其他世界 ············ 69

13. 梦游直线国 ············ 71

14. 我企图说明平面国的本质,但徒劳无功 ········ 78

15. 从空间国来的陌生人 ················· 87

16. 陌生人企图用言语令我明白空间国的奥秘,
    但徒劳无功 ···················· 92

17. 当圆球不能用言语说服时,他如何诉之行动 ····
    ··························· 106

18. 我如何到达空间国,在那儿看到了什么 ······· 110

19. 虽然圆球已经让我看到空间国的其他奥秘,
    我希望知道更多,结果如何 ············ 118

20. 圆球在梦中鼓励我 ··················· 130

21. 我尝试教导孙子三维的理论,有何成果 ······· 135

22. 我用其他方法传播三维的理论,结果如何 ····· 139

第一部分

——这个世界

"稍安勿躁,
因为这个世界
既广又阔。"

第一部分——这个世界

1. 平面国的本质

亲爱的读者、有幸生活在三维空间的人们,我称我们的世界为平面国,并不是因为我们相互之间这样叫它,而是希望你们通过这个名称,能更清楚地了解它的本质。

请想象一下,有一张非常宽阔的纸张,上面有直线、三角形、正方形、五边形、六边形和其他形状,它们不会停留在固定位置,可以在纸上自由移动,但不能通过上升或下降离开纸张,就好像是影子,只不过它们是有发光的边的实体。如果你能这样想象,那么你对我的国家和国民已经有了一个相当正确的概念。唉,在几年前我不会说"我的国家",而说"我的宇宙",不过现在我的思想已经开放了,能接受更高层次的观点。

你们会马上意识到,在我们这样的国家里不可能有一些你们称之为"立体"的东西。但我敢肯定地说,你们会以为我们至少可以用肉眼分辨出三角形、正方形和其他形状,并且能看到它们像我刚才描述那般地移动。刚好相反,我们其实看不到这样的景况,我们甚至不能区分这些图形。事实上,除了直线外,我们什么也看不见,或不能看见。接下来我将会说明为何如此。

设想一下,在你们的三维空间,你在桌上放一枚硬币,然后俯身从高处看它,你看到它是圆的。然后,你后退至桌边,慢慢把视线往下移(现在你看东西越来越像平面国的居民了),你看到的硬币的形状是越来越扁的椭圆。最后,当你的眼睛恰好处于桌边(现在你看东西与平面国的居民一样了),你看到的硬币已不再是个椭圆,而是一段直线。

如果你用同样手法处理硬纸板切出的三角形、正方形,或其他形状,当你把眼睛移至桌边,眼前出现的不再是原本的形状,而是直线段。以等边三角形为例(在平面国,等边三角形代表受尊敬阶层的商人),图(1)表示你从桌子上面俯身看见的商人;图(2)和图(3)表示当你的眼睛越来越接近桌面的高度时所见到的商人;当你的眼睛与桌面的高度一样时,你见到的商人是一段直线,就像我们在平面国看到的他一样。

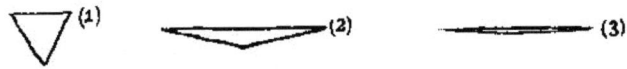

我在空间国时，听说你们的海员航海时也有相似的体验。在地平线远方出现的海岛和海岸，或许有海湾、陆岬、海角，有多处地方突出和陷入，但是他们看不见这些，只看见一条灰色的线在水中延伸着（要是有阳光照射，突出和陷入的地方才会在直线上以明暗不同的线段显示出来。）

嗯，在平面国里，当我们的三角形或其他形状的熟人走近时，我们看见的就是这个样子。由于我们没有阳光或其他类似的光，因此没有影子，没有东西可以帮助我们像你们在空间国那样看东西。当朋友走近时，我们看见他的线段会变长，当他远离时，我们看见他的线段会变短，无论他是三角形、正方形、五边形、六边形，或是圆形，我们看到的一概都只是一段直线。

你可能会问，在如此不利的情况下我们怎样分辨朋友呢？若我先描述平面国居民的状况，那会更加合适、更加容易回答这个非常自然的问题。容许我暂时把这个问题押后，先约略说明一下我国的天气和房屋。

2. 平面国的天气与房屋

和你们一样，我们也有东南西北四个方向。

我们这里没有太阳，也没有其他天体，因此无从用一般方法辨认北方，我们辨别方向有独特的方法。按照大自然的一项定律，我们时时刻刻受着一股向南的吸引力影响着。虽然在温带地区这股吸引力很轻微，并不阻碍人们向北方行走，连普通健康的女人也可以轻易地向北走几浪（furlong）①。然而，在我国的大部分地方，这种吸引力产生的效应，已经足够让我们辨认方向。除此以外，在固定时段必定来自北方的降雨，也可以帮助我们辨认方向。在城市里，房屋也可以指示方向，因为房屋侧边的墙一般是依南北方向而建，以便屋顶可以抵挡来自北方的雨。郊外没有房屋，但树干可以提示方向。总之，我们在辨别方向问题上，不如想象中那么困难。

---

① 浪，长度单位，一浪大约是200米。——译者注。

不过，在温带地区向南的吸引力弱得几乎感觉不到。当我在完全荒芜的平原行走时，没有房屋也没有树木指示方向，有些时候我或许会被迫停留不动数小时，等待下雨，才可以继续行程。对于老年人和身体虚弱者，尤其是娇弱的女士，向南的吸引力在他们身上产生的效应比在强壮的男性身上产生的更为强烈。因此，有教养的男人在街上碰到女士时，一定会让出北方的路径给她，为她挡住吸引力。不过，当天气情况变得难以分辨南北时，要身体健壮的男人在短暂时间内作出正确反应，实在不是件容易的事情。

我们的房屋没有窗子，因为在任何时间——日间或晚上，任何地方——室内或室外，我们都享有光，但我们不知道光从何处来。很久以前，有学问的人常常讨论这个有趣的问题："光是怎样来的？"他们不断尝试找出答案，结果很多人为此发疯了，精神病院也挤满了人。其后，政府多次以课重税的政策试图间接阻止人们再研究这个问题，但成效不大。不太久以前，政府决定立法，绝对禁止国人从事这项活动。唉，目前在平面国里，我是唯一清楚地知道这个神秘问题的真正答案的人。可是，没有一个同胞明白我已懂得的知识，他们讥笑我，认为我是疯了。其实，只有我知道三维空间的真相，知道光如何从三维世界进入平面国的理论。好了,还是不要再说这些令我心情沉痛的题外话,让我返回我们房屋的话题。

最普通的房屋结构是五边形,如下图所示。北方的两边 RO 和 OF 构成屋顶,一般在此处没有门。东面有一小门让女人出入,西面较大的门让男人出入,南面是房屋的地面,通常也没有门。

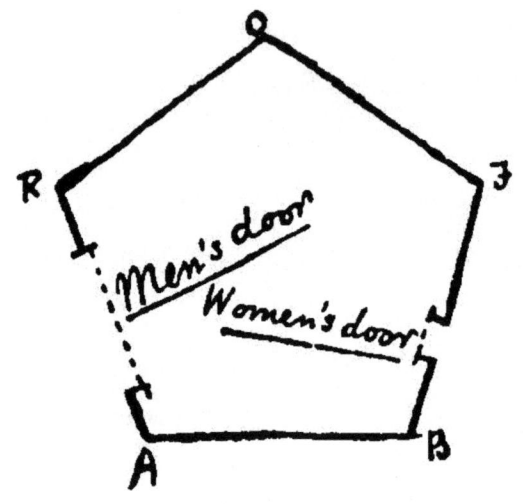

(Men's door:男人之门;Women's door:女人之门)

不准把房屋建成正方形或三角形是有理由的,因为正方形的角比五边形的角尖锐,而等边三角形的角更加尖锐。由于非生物(例如房屋)的线比男人或女人的暗淡，若有鲁莽或粗心的人突然撞上三角形或正方形的屋角，便会遭受到严重的伤害。因此，早在我们年代的11世纪时，法律已完全禁止兴建三角形房屋。城堡、火药库、军营和其他政府建筑物则例外，因为一般公众不宜漫不经心走近这些建筑物。

在那个时期，各地政府仍然批准兴建正方形房屋，不过要征收特别税项以表示不鼓励。但是三百年后，为保障公众安全，法律规定在人口一万人以上的城市，所有房屋的屋角不能小于五边形的角。基于良好公民的意识，国民支持立法机关的这项决定。现今，就算在郊区，建筑物也大多数是五边形，只有在非常偏远和落后的农村，古文物研究学者偶然还能找到正方形的房屋。

3. 平面国的居民

用你们的长度单位量度,平面国的成年居民身体的长度大概是11英寸,通常不超过12英寸。①

女人是直线。

士兵和最低下阶层的工人是两边相等的三角形,每边长约7英寸,第三边或底边则是非常短(通常不会超出半英寸),因此顶角锐利得非常可怕。有些身份更低的人的底边长度甚至不超过1/8英寸,其顶角极度尖锐,他们几乎与直线形的女人没有区别。我们和你们一样,把这种类型的三角形称为等腰三角形,在以后的章节我就这样称呼他们。

中产阶级是由等边三角形组成的。

专业人士和绅士分别是正方形(我是其中一员)和五边形。

---

① 1英寸=2.54厘米。——译者注。

更高级的是贵族。贵族有几个级别：初等贵族是六边形，以后按边的数目逐步晋升为较高级的贵族，直至获得多边形这个尊贵头衔；当多边形的边的数目增大而边长缩小，最后其形状几乎与圆形无异时，他们便属于圆形阶层，或称教士阶层，是最高级的贵族。

按照我们的大自然定律，男孩子比他的父亲多一条边，因此每一代的社会地位便晋升一级，更加尊贵。由此得出正方形的儿子是五边形，五边形的儿子是六边形，如此类推。

但是，这定律不一定适用于商人，更加不适用于士兵和工人。事实上，士兵和工人的边长不是全都相等，他们的形状不配被称作正常人的图形，因此这一大自然定律在他们身上不适用，等腰三角形的儿子还是等腰三角形。不过他们并不是一定没有晋升的希望，例如，在一连串军事胜利或劳动有成后，他们当中稍有才智的人底边的长度会轻微增加，两侧的长度会缩短，他们的子女经过（由教士安排）通婚，生下来的后代的形状常会更接近等边三角形。

等腰三角形的出生数量非常庞大，但等腰三角形父母产下的儿子,能被证明是真正等边三角形的[①],却是少之又少。为了希望有这样的等边三角形出现,他之前的多代祖先不单要经过一连串精心安排的通婚,并且要长期进行节俭和自我约束的训练,要有耐性、有系统、不间断地增长自己的智力。

等腰三角形家庭有真正的等边三角形儿子出生是件值得喜庆的大事,周围好几浪范围内的人都会深感欣喜。在卫生福利局的严格检验下,婴儿如果被证实是规则的,则会举行庄严的仪式,正式接纳他成为等边阶层的一员。接着,他便马上要离开既光荣又悲伤的父母,由一个没有下一代的等边三角形家庭收养。这个家庭必须宣誓永远不让婴孩回到他亲生父母的家,甚至不让他再见到自己的亲属,因为害怕婴孩会不自觉地模仿他们,令刚长成的器官回复到原来的遗传状态。

偶尔有这样的一宗等边三角形诞生,不但受到低下阶层欢迎,视之为摆脱沉闷卑贱身世的曙光和希望,同时这也受一般贵族的欢迎。这些上层人士清楚地知道,这

---

① 空间国的评论者可能会问:"为什么需要出生证明?正方形儿子不是一定来自等边的父亲吗?难道大自然不是已经证明了吗?"我的答案是:任何有地位的女士都不会与没有出生证明的三角形结婚。有时正方形的上一代可能是略微不规则的三角形,在这种情况下,第一代的不规则现象多数会在第三代显现出来,第三代可能攀不上五边形,有时甚至降回到三角形。

种不常见的现象不会削减他们的特权，而且可以有效地防止来自下层的革命。

如果顶角尖锐的暴民完全没有希望或没有雄心要晋升社会地位，他们会在一些经常爆发的叛乱中找到非常能干的领头人，于是低下阶层的人就凭人数众多和孔武有力，令睿智的圆形无法抵挡他们的造反。不过，大自然有一项聪明的定律，裁定工人阶级的智能、知识和其他所有优点增强的同时，他们的锐角（即令人望而生畏的武器）也按同一比例增大。当他们的角渐渐接近等边三角形的角时，其杀伤力便随之降低。因此，那些残暴的士兵本来差不多如同女人一样没有智力，但为了发动强大攻势，他们的智力会有所增加，同时他们的角也会增大，因而减弱了他们的攻击力量。

真是令人赞叹的制衡定律！是自然调适的最好证据，简直可以说是平面国的贵族阶层宪法的神圣起源！多边形和圆形人士若小心审慎地运用这条定律，利用人们压抑不了的对上升至较高社会地位的无穷企望，便几乎可以把叛乱消灭于摇篮中。使用医学技术也能有助于维持社会秩序，官方的医生可以采用人工压缩和扩张方法，把一些较聪明的叛乱首领变为完全等边，然后马上把他们收编，纳入特权阶级。有更大一帮能力不逮的人以为有机会能够成为贵族，被诱骗进入官方医院，结果遭受终身监禁，其中个别固执、愚蠢、边长绝对不可能相等的人则会被处死。

于是，无赖的等腰三角形暴民就没有作战计划，也没有领头人。圆形首长为防范突发动乱而收买了一小撮等腰三角形，在叛乱中暴民还没来得及行动，已经被圆形首长豢养的同类兄弟刺死。或者圆形人士更多时候巧妙地煽动暴民互相猜忌与不信任，造成他们内讧并打斗，结果各自被对方的锐角刺死。我们的历史记载了不少于一百二十宗的暴动，还有二百三十五宗小规模的动乱，所有这些叛乱最终都是如此收场。

4. 平面国的女性

如果说尖锐三角形的士兵可怕的话,那么女人就更加可怕了。因为如果士兵是楔形物,女人便是两头都尖锐的针,再加上她们可以随时随意地完全隐形,可想而知我国的女人是不可小觑的。

有些年轻读者也许会问,平面国的女人**怎样**隐形起来?我认为那应该是显而易见的,不用多加说明。然而,只要说一两句就可以让最不愿意思索的人也会明白。

把一根针放在桌上,然后把眼睛移至与桌面同一水平面,从侧面看去,你可以看到针的整体长度,但从一端看去,因为你只能看到一个小点,它就会变得几乎隐形。平面国的女人的外形也是如此,当女人转动身体以侧部对着我们时,我们看到的是一段直线;当她的眼睛和嘴巴(对于我们来说,是同一器官)的一端对着我们,我们看到的只是一个非常光亮的点;当她的尾端对着我们,我们看到的是一个半光亮的点,差不多如非生物般暗淡,因此她的尾端就好像是令她能隐形的帽子。①

空间国里智力最平庸的人，现在也一定会明白女人给我们带来的危险。如果说撞上受到尊重的中产阶级三角形也不是没有危险，撞上一名工人身体会被划伤，迎头撞上一名军官伤势必然严重，轻轻碰撞一下士兵尖锐的角可能致命，那么碰撞到一名女人，除了立刻死亡，还会有别的结果吗？可是当女人们隐形或显示为暗淡无光的小点时，就算非常谨慎的人，要避免碰撞到她该是何等困难啊！

为了使这种危险减至最低，平面国的各省份在不同时期颁布了很多法令。南部和气候不太温和的地区，向南的吸引力较强，人们走路的方式变得漫不经心和不由自主，因此有关女人的法令理所当然更加严格。下面的法令摘要能给读者一个大概印象：

1. 所有房屋的东侧要设有一道专供女人使用的门。女人要以"得体并恭敬的态度"②由此

---

① 能使人隐形的帽子出现于希腊神话中，雅典娜女神有顶这样的帽子，她戴上后其他人便看不见她。——译者注。
② 我在空间国时也注意到类似情况，你们有些教士也为乡下人、农民和寄宿学校的老师另外设置出入的门（刊物 *Spectator*，1884 年 9 月，第 1255 页），让他们以"得体并恭敬的态度入内"。

门进入，不得使用设于西侧专供男人出入的门。

2. 女人在公众场所行走时必须不停地作"平安呼喊"，违例者处死。

3. 女人如被证实患有舞蹈症、痉挛、伴随强烈喷嚏的长期感冒，或任何导致身体不受控制而摆动的疾病，将会被立刻处死。

有些省份附加一项法令严格规定女人的活动：女人在公众场所行走或站立时，必须不停地左右摆动身体，好让后面的人看到她们，违例者处死。另外一些省份则规定女人外出时，必须有儿子、佣人或丈夫尾随。还有一些省份甚至规定女人除了在宗教节日以外必须留在家里。不过，我国最睿智的圆形人士，即我们的政治家，发现一个省份如果不断增加对女人的种种限制，不仅会使种族衰弱和人口减少，而且还会导致家庭谋杀事件增加。因此，太苛刻的法令会使该省份得不偿失。

女人因被困在家里或在外行动受到阻碍而发怒时，会向丈夫和子女出气。在气候不太温和地区曾经发生过这样的惨案：一个村庄内多名女人同一时间大发雷霆，她们在一两个小时内杀掉了村里所有的男人。因此，上述三条法令，对于治理得比较好的省份已经足够，可以作为管治女人的法规的范例。

说到底,我们主要捍卫的不是立法机关的权力,而是女人自身的利益,因为在人挤的地方,女人的一个后退动作虽然可以置人于死地,但除非她们立刻把刺伤受害者的一端抽出来,否则受害者不断挣扎,会导致她们纤弱的身体被摔碎。

追求时尚也对我们有利。我曾指出,一些不太文明的省份规定女人在公众场所必须把尾部左摇右摆。其实,自有历史记录以来,在所有治理得好的省份,摆动尾部是所有自我标榜有优良教养的女士的习惯。因此,一项本来是每位尊贵女士的本能动作,如果要立法强制遵守,无论什么省份都会觉得不光彩。圆形阶层女士的尾部摆动富于节奏感,并且可以形容为波动得宜,让一般等边图形的妻子羡慕并模仿,虽然她们的动作只像钟摆一样单调;不过,等边图形阶层女士有规则的摆动,又让有进取心有抱负的等腰三角形的妻子羡慕并模仿,虽然"尾部动作"在这些女性的家里还不是日常生活的必需。因此,在所有受尊敬有地位的家庭中,"尾部动作"一直普遍存在,而家中的丈夫和儿子至少可以避开察觉不到的袭击。

请不要以为我们的女性欠缺感情,只是不幸得很,当她们激动时便无法顾及其他事情。当然,这是由她们身体的不幸结构直接引起的,她们没有角,连最低等的等腰三角形都不如。她们完全没有智力,没有自省或判断能力,没有远见卓识,她们也几乎没有记忆。因此,当她们愤怒时,不会记得什么责任和分寸。事实上,我知道有一个家庭,妻子把全家都杀光,半小时后她的怒火退却了,丈夫和孩子的残骸也被收拾好,她竟然问别人她的丈夫和孩子出了什么事!

明显地,当女人处于一个可以转身的位置时是不能惹怒的。房屋建造时,已考虑到不让女人在自己的房间内转身,因此你在她们的房间对她们说什么做什么都没有问题,因为她们根本不能制造麻烦。同时她不会记得数分钟前曾经对你有死亡威胁,也不会记得你为了使她们息怒而作的承诺。

总的来说,除了低层军人的家庭外,我们的家庭相处得相当融洽。低层军人家庭里的丈夫缺乏计谋,也不够审慎,有时会制造难以形容的灾难。鲁莽的士兵与妻子相处时,太依赖自己有攻击性的锐角而不使用理智的防御措施,又不在适当时刻作一些虚假的承诺。他们往往忘记了女人房间的特殊设计,在房间外面以轻率语言惹怒妻子,却拒绝立刻收回说错的话,再加上他们坚守要实话实说的原则,不会像明智审慎的圆形丈夫适时使用大量美言安抚妻子,结果导致家庭大屠杀。不过,这也不是毫无好处,因为这样可以消灭那些残暴和讨厌的等腰三角形。很多圆形人士认为,女人的破坏本能是上天众多安排中的一种,既可以抑制过多人口,又可以将革命事件扼杀于萌芽状态。

不过,就算在那些几乎接近圆形而且管理有方的家庭里,我认为他们的家庭生活还是比不上你们空间国理想。如果没有屠杀就是太平,他们的家可以称得上太平,但是他们的生活缺乏和谐的品味和嗜好。圆形人士谨慎行事的智慧保障了家居安全,但牺牲了舒适的生活。在所有圆形或多边形的家庭里,自远古以来母亲和女儿必须经常用眼睛和嘴巴向着丈夫和他的男性友人,现在这种行为已经成为上层社会妇女的一种本能。有名望人士家中的女人,若以尾部向着丈夫,被视为会带来厄运,包括丧失地位。虽然这种习俗有利于家居安全,但我将要指出,它是有缺点的。

在工人或受尊敬的商人家里,妻子从事家务时可以用尾部向着丈夫,除了她不断地低沉"平安呼喊"外,丈夫不会听到她也看不见她,此时家中至少有片刻的宁静。可是,高级阶层的家庭往往没有安宁,妻子的嘴巴和发光的眼睛必须向着一家之主,她啰嗦的言语与锐利的目光同样持续不断。这巧妙的举措能让丈夫在家中避免被妻子刺死,却无法禁止妻子说话。妻子的言语完全无意义,她也缺乏智慧、见识或意念来控制自己不说这些废话。有一个刻薄的说法,男人宁愿遭受被女人尾端无声地刺死的威胁,也不想忍受她的另一端所发出的不会致命但吵闹不堪的声浪。

也许空间国的读者会认为我国女性的处境十分可悲,事实上也的确如此。最低下阶层的等腰三角形男性,还可以期望自己的角会增大,以至最终他的整个阶层的地位得以提升。但女人就完全没有这种机会了,"生来是女人,永远是女人",这是自然法则。进化定律好像不适用于女人,她们在进化的路上停滞不前,这个现象对她们的发展十分不利。不过,我们还是要赞叹上天的安排,女人没有前景的同时也没有记忆,她们不会记得过往的苦难和羞辱,也不会预想将来是否会有同样的遭遇,这些不幸是她们生存的必要条件,也是平面国宪法的基础。

5. 在平面国辨认人的方法

你们生活在幸福的三维空间,有光也有影;你们有两只眼睛,因而懂得透视法的原理,并且享受各种颜色带来的乐趣;你们又能够真正**看**到角,能够看到圆形的整个圆周。因此,我怎样解释才能使你们明白,我们在平面国要互相认识对方的形状所遭遇到的极大困难呢?

记得我曾经告诉你们,在平面国所有物体无论有生命的或没有生命的,无论是什么形状的,在**我们看来**都是或几乎都是一段直线。当大家的形状都是一样时,我们怎样才能互相辨认呢?

方法有三种。第一种是利用听觉。我们的听觉远比你们的发达,不但能够以声音辨认朋友还可以分辨不同阶层,至少可以区别三个最低阶层(但不包括等腰三角形):等边三角形、正方形和五边形。但是,社会地位越高,他们用声音辨认人或被人辨认的困难度越大,部分原因是他们的声音很相似;另外,辨别声音的能力是低下阶层的禀赋，在贵族中则不怎么发达。由于最低阶层的发声器官比听觉器官更发达，等腰三角形能很容易地模仿多边形的声音，稍经训练甚至可以模仿圆形的声音，因此我们更常采用第二种方法。

第二种方法是靠**触摸**，是女人和低下阶层采用的主要方法。（待会儿我会解释社会高层人士采用的方法。）在与陌生人会面的场合，如果不是要认出某一个人，而是要认出这个人所属的阶层，那么他们就可采用**触摸**的方法。你们空间国高级人士的"介绍"方式，便相当于我们的"触摸"。在远离城镇的偏僻乡村，老一派的绅士还继续采用这种平面国的介绍方式："允许我请求你触摸我的朋友某某先生，也请你让他触摸。"但是，在城市里，商人会省略"让他触摸"的字眼，而只说"允许我请求你触摸某某先生"，因为他们假设了"触摸"是相互的动作。我们有一些更时髦潇洒的年青绅士，十分反对冗赘的言语，也对使用正统的语言极不感兴趣，他们把字句再缩减，把"触摸"当作专有名词来表示"推荐对方触摸和被触摸"。现时，上层人士在讲究礼貌与节奏明快的社交场合中流行使用"俚语"，容许使用较不合规范的语言，例如："史密夫先生，允许我触摸你琼斯先生。"

读者们，千万不要以为我们像你们一样，认为"触摸"是一项繁琐的过程，或者以为我们必须触摸对方所有的边才能知道他所属的阶层。我们从上学开始，随后在日常生活中，不断经历长期的训练与实践，靠着触觉便能马上分辨等边三角形、正方形或五边形的角。至于要辨认那些笨头笨脑的等腰三角形更不用说，只要简单地触摸他们的顶点，便能马上把他们认出来。因此，一般来说只需触摸对方的一个角，一经弄清楚角的大小，我们便知道正在与哪个阶层的人说话。不过，若对方属于高层的贵族，困难便会大得多了。连我们的著名学府温桥大学的文学硕士，也会把十边形与十二边形混淆，至于贵族中的二十边形与二十四边形，就算是这所大学的科学博士，也几乎没人敢自夸能够迅速无误地区分他们。

如果读者还记得我之前提到的关于女人法规的摘录，就会马上联想到以触摸的办法认识朋友时必须格外小心谨慎，否则尖锐的角会令漫不经心的触摸者受到无法弥补的创伤。因此，为保障触摸者的安全，被触摸者必须完全不动。如果他突然跳起来，或晃动身体改变位置，或来一个剧烈的喷嚏，都会使没有防范的触摸者遭受致命的伤害，本来可以建立的友谊也会因此被摧毁。三角形的低下阶层要更加注意，因为他们的眼睛远离顶点，他们很难留意到在身体端点附近所发生的事情，而且他们性格粗鲁，感觉不到行事极有条理的多边形的轻轻触摸，如果此时他们不经意地摆摆头，国家就会失去一条宝贵的生命！

我非常优秀的祖父，在不幸的等腰三角形中，他几乎算得上是等边了，事实上，在他去世前不久，卫生与社会局以四票赞成三票反对，通过承认他是等边三角形。听说他经常悲痛流泪地哀叹，诉说他五代以前的祖先曾经有类似上述的悲惨遭遇。按照祖父的陈述，这位祖先是一位受人尊敬的工人，他的脑袋是 59 度 30 分的角，由于风湿症发作，在一次被一名多边形触摸时突然猛动一下，意外地把这名伟人从对角线刺穿。为此，他被长期监禁并被降级，他所有的亲属都因此事故受到心灵创伤，我们家族在迈向贵族阶层的晋升过程也被退后 1.5 度：他的下一代的脑袋萎缩至 58 度。我们家族要经过整整五代才收复失地，脑袋的大小增至 60 度，脱离等腰三角形阶层，上升至等边三角形。这一连串的不幸，都源自一宗触摸的小意外。

在此刻，我好像听到一些受过良好教育的读者惊讶地说："你们生活在平面国，怎么会懂得有关角和角的度数的知识呢？我们能**看**到角,因为我们生活在三维空间,能够看见两条直线相交。但是,你们在同一时刻只能看到一段直线,充其量只是位于同一直线的一些小线段,你们没有可能看到角,更不用说能记录不同角的大小。"

我的答案是,虽然我们**看不见**角,但是我们能够**推论**它们的存在,并且准确地知道角的大小。基于需要我们的触觉发展良好,又经过长期训练,就算没有量度工具,测度角的大小也比你们用视觉测量得准确。同时,我不能漏说一点,就是大自然给我们的帮助:大自然有一项法则规定,等腰三角形的脑袋是从 0.5 度(即 30 分)开始,随后每一代增加(如果有增加的话)0.5 度,一直达到 60 度,从此他们抛掉低下阶层身份,成为自由人,进入规则图形阶层。

因此,大自然为我们提供了由 0.5 度至 60 度以半度上升的等腰三角形样本,全国各地的小学都放置了这些角度活人样本以供教育之用。由于等腰三角形的体形偶尔退化,以及他们的道德和智力发展经常停滞,加上犯罪和流浪分子的生殖能力旺盛,因此社会上积聚了大量 0.5 度和 1 度的等腰三角形,1 度以上至 10 度的也不少。这些人完全不能享有公民的权利,其中一大部分人的智力很低，连当兵打仗都不够资格，于是国家征用他们用于教育活动。为了防止所有可能发生的危险，教育当局把这些人扣上脚镣，使他们不能随意动弹。然后把他们放置于小学教室里作为角度样本，利用他们向中产阶级的下一代传授触摸的技能与才智，而这些知识是这批可怜的人无法拥有的。

有些省份的学校会偶尔提供食物给这些活人样本，让他们苟延残喘若干年。但是，气候温和又管治得好的地区，认为学校不给样本进食而每月更换他们（平均断食一个月罪犯便会饿死），从长远来说更有利于教育孩童。经费短缺的学校喂养样本，不需要经常更换他们，可以节省一点钱。不过，一来供应食物还是要开支，而且样本经数周不断地"触摸"会有耗损，角度变得不准确，不利于教育，故此省钱的好处便被抵消了。还有一点我们不应忘记，经常更换样本可以减少等腰三角形的多余人口。这是平面国所有政治家一直关注的问题，虽然减少有限但仍然察觉得到。我认为经常更换样本是"花钱才是真节省"这个道理的众多例子之一，但我知道很多由普选产生的教育委员会倾向于采用所谓的"廉价的制度"。

不过，不要让教育委员会的政策转移我的话题。相信我已经清楚地说明,"触摸"这个辨认人的方法并不像想象中那样繁琐和不准确,而且明显地比用声音辨人准确。尽管如此,仍有人反对使用这方法,正如上面已经指出的,此方法存在着危险,因此社会大多数中低阶层的人,以及全部多边形和圆形,都宁可采用第三种方法。这种方法我将留待下一章讲述。

6. 以视觉辨人

我将要讲述的好像与以前的说法并不一致。在以前的章节中我曾经指出,在平面国里任何形状的物体在我们看来都是直线段;我也曾经补充或暗示过,我们不可能用视觉器官辨别不同阶层的个体。但是,现在我却说要向空间国的读者解释我们怎样用视觉彼此辨认。

不过,若读者重读上一章关于触摸辨别的内容,便会注意到,触摸辨别是一个人人都会使用的方法,但同时也会注意到这一描述:触摸辨别方法是"低下阶层采用的主要方法"。其实,只有社会的高层人士,在气候温和的地区,才会使用视觉辨别方法。

各地区的各阶层之所以能有视觉辨别的能力,完全是因为有雾气存在。除了炎热干燥地带外,在全国各地全年大部分时间都有雾。在空间国,雾气对你们绝对是坏东西,因为它遮蔽风景,令人精神沮丧,损害健康。但是,我们则认为它是上天给予的恩赐,它与空气同样重要，是艺术的保育员，是自然科学之母。好了，我还是停止歌颂有益的雾气，继续说明我的意思。

如果雾气不存在，我们看到所有的线段都同样清晰，无法分辨。这个情况出现在那些气候完全干燥及空气清澈的郊区。但是，每当雾气充沛时，距离远的物体看起来较暗淡，例如在 3 英尺①外的物体，看起来比在 2 英尺 11 英寸外的物体暗淡。我们经过不断小心试验及观察，借着比较物体的明暗度和清晰度，可以十分准确地推论出所看到的物体的形状。

一个例子比笼统的千言万语更能说明我的意思。

例如，有两个人迎面走来，我想知道他们所属的阶层。假设其中一个是商人，另一个是医生，就是说，一个是等边三角形，另一个是五边形，我怎样区分他们呢？

在空间国的孩子，只要略懂一些几何学，便会完全明白以下的解释。如果我把眼睛移到某一位置，令视线把迎面而来的陌生人的角 A 平分，最靠近我的两条边（即 CA 和 AB），便不偏不倚落在视线的两旁，那么我看到这两个线段是同样长短的。

---

① 1 英尺＝12 英寸。——译者注。

在商人的例子[图(1)],我会看到什么? 会看到线段 DAE。中点 A 是非常光亮的,因为它离我最近,而从 A 到两端点的两线段会**迅速变暗**,因为 AC 和 AB **迅速进入雾中**,因而我看到商人的两端点,即 D 和 E,是**非常暗淡**了。

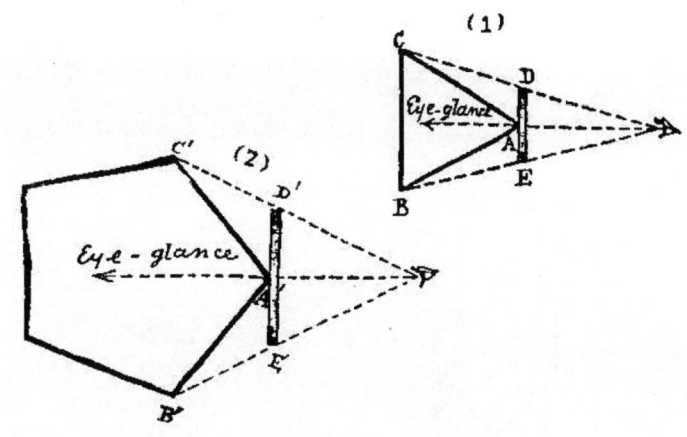

eye-glance:视线

在医生的例子[图(2)],虽然我也是看到线段 $D'A'E'$,中点 A' 也同样是光亮的,但是两侧**变暗的速度没有那么快**,因为 $A'C'$ 和 $A'B'$ **进入雾中较慢**,我看到医生的两端点,即 D' 和 E',不如商人的两端点那样暗淡。

相信读者从以上两个例子会明白,我们当中受过良好教育的人,如何经过长期训练和不断实践,能利用视觉准确地分辨出中、低阶层的人。如果我的空间国朋友能明白这个概念,或至少相信它是有可能而不排斥它,不认为我的话完全不可信,那么可以说我已经达到目的了。若要求我作更详细的说明,我只会把它弄得更复杂。以上两个例子,说明我是如何以视觉辨认我的父亲和儿子。不过,一些没有经验的年青人只凭这两个个别的例子,也许会以为用视觉辨人是一件轻而易举的事,因此,我有必要指出,在实际生活中,视觉辨别的问题大部分其实是更加微妙和复杂的。

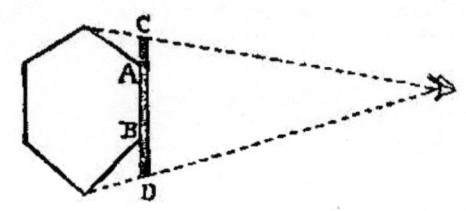

例如,当我的三角形父亲走近我时,如果他不是以角而是以边对着我,除非我要求他转身,或者我自己围绕他走几步,不然我会怀疑看到的是一段直线,也就是说看到的是一名女人。同样地,当我与我的两个六边形孙子其中一人在一起时,若我正面凝视着他的一条边,如上图所示,我会看到相当光亮的整条边 AB(端点的光没有减

弱），两旁较短的线段（CA 和 BD）的光度，则是向端点 C 和端点 D 渐渐减弱，暗淡起来。

但是我应该就此打住，不再对这些问题作更详细的阐明了。我国受过良好教育的人士最关切的生活问题是：当他们自己在走动时，例如在舞会或私人学术宴会等场合，他们或旋转或前进或后退，如何以视觉区分身边以不同方向转动的各个高级多边形。空间国最优秀的数学家都会同意我的观点，认为这个问题是对高级知识分子的一个智力考验，也说明了我们著名的温桥大学有充分理由成立巨额基金，聘请学识渊博的几何学教授在大学定期开设学生人数众多的课，教导来自各省的**精英们**学习静态视觉辨认和动态视觉辨认的知识和技巧。

只有极少数最高贵最富有家族的子弟，才有时间和金钱学习和拥有这项高尚和有用的技巧。就算我这个地位不太卑微的数学家，并且是两个前途无可限量、完全规则的六边形的祖父，置身于一大群在周边转动着的高级多边形中，有时也会感到迷茫，那么那些普通的商人或下等人在这种场合，一定会像读者你们若突然被送来此地那样困惑。

置身在上述的一群人中，你从各个方向看到的都只是一段直线,而直线上不同部分的明暗度总是无规则地不停变动着。就算你在大学里已经修毕了五边形或六边形的第三年课程,而且完全精通学科的理论,你还需要多年的经验,才可以在上流社会的人群中走动而不会碰撞到身份比你优越的人,而这些人都认为"触摸"是违反礼节的举动。他们的优越教养和出身让他们看出你的一举一动,但你却对他们了解甚少,甚至一无所知。简言之,在多边形的社会里要行为表现得体,本身一定要是个多边形。至少,这是我从自己的痛苦经历得到的结论。

经过反复实践和避免"触摸"这个习惯,视觉辨别这种技巧发展得出奇地好,简直成为一种本能了。正如你们的聋哑人士一旦使用手势和手语,就永远学不到更有用的唇语,我们的"视觉辨别"和"触摸辨别"也是一样,如果年青时使用了"触摸辨别",就永远无法正确无误地使用"视觉辨别"了。

就是这个缘故,上层社会不鼓励,甚至完全禁止使用"触摸辨别"。他们的孩子不到公立小学(那里教授的是"触摸"技能),而是到专门的高级学院上学。我们的著名大学认为"触摸"是一种严重过失,初犯者被罚停学,再犯者则会被开除学籍。

不过，对低下阶层的人来说，"视觉辨别"是一种可望而不可及的奢侈品。普通的商人不可能有财力，让孩子花生命的三分之一时间进行抽象学习。穷人家庭让孩子自小学习"触摸"，因此他们变得早熟且活泼。相较之下，多边形孩子却是呆滞、不成熟、行为散漫，像是没受多少教育的年青人。但是，当多边形孩子完成了大学课程后，并且把理论付诸实践，就会脱胎换骨，与重生无异，这时他们在各种技能、科学或社会事务上，都会迅速赶上并远远超越他们的三角形对手。

只有少数多边形大学生不能通过大学期末考试或毕业考试。这些少数失败者的处境非常可怜，因为上层社会排斥他们，低下阶层鄙视他们。他们既不像多边形文学学士或硕士那样拥有成熟及久经训练的才干，也不像青年商人那样天生早熟，足智多谋。他们不可能谋得任何专业工作或政府职位。虽然大多数省份没有明文禁止他们结婚，但是他们很难找到伴侣。因为经验说明，这种不幸和天赋不足的人的后代，就算不是必然不规则，一般也会与他们同样的不幸。

历史上各大骚乱和暴动的首领都是来自这些贵族阶层的废物，他们为祸极大，以致开明政治家当中本来同意这个观点的人数不多,现在也渐渐多了起来:真正为民众着想的政策,是全面压制这些在大学期末考试不及格者,以立法手段处理他们,或是判终身监禁,或是处以无痛死刑。

我已经离题了,不规则图形的问题是非常重要的,需要以另一个章节来单独处理。

7. 不规则图形

在以上的章节,我一直假定平面国的全部人都是规则图形,即他们的体形结构是规则的。其实,我应该一开始就明确指出这个独特的基本观点。规则图形的意思是:女人不单是线,而且是直线;工匠或士兵一定有两条边长度相等;商人的三条边一定等长;律师(我是其中卑微的一员)的四条边是等长;多边形的边一般是等长的。

边的长度当然与年岁有关。女性出生时大约 1 英寸长,高个子的成年女人可以长达 1 英尺。各阶层成年男性的周长大概是 2 英尺或多一点,我们不理会边的长度是多少。当我指出各边的长度**相等**时,大家不用多加思考便会知道,平面国的全部社交生活都是基于"大自然赋予我们的形状是等边"这个基本事实。

假如我们的边的长度不一,角的大小也可能不一了。那么,为了确定对方的形状,就不能仅凭"触摸"或以"视觉"估计单独一个角的大小,而需要以"触摸"来弄清楚全部角的大小。可是人生苦短,不容许花费大量时间这样做,而且"视觉辨别"的知识和技巧会马上消失殆尽,就算是"触摸"这一技巧也不会长久保存下去。人际交往将会很危险,甚至不可能;所有信任将会丧失,所有预先策划的事亦会告吹,连安排简单的社交活动也不保险。换言之,文明将倒退至野蛮的状态。

读者们,你们是否认为我下结论太快了呢?不过,这是显而易见的事情。如果你们稍微思考一会儿,再看一个生活的实例,便可以明白,我们的社会制度是建基于人们的规则性,即角度相等的身体结构。例如,在街上你看见两三个人,你一瞧他们的角度和迅速变暗的边,就可马上确定他们是商人,于是你就信心十足地邀请他们到你家一起午膳,因为大家都知道一名成年的等边三角形所占的范围大概是多少,误差只会是一两英寸。但是,试想象一下,如果一个商人前端拥有受人尊敬的规则形状,后面竟然拖曳着对角线长达 12 或 13 英寸的平行四边形,你将如何处理这个卡住你家门框的庞然大物?

我恐怕冒犯读者们的智慧了,因为这些细节对你们生活在空间国的人是明显不过的。显然,只量度一个角的大小并不足以应付上述的窘境,但若要彻底触摸或测量所有相识朋友的周界，就会花去生命中很多时间。现时在一大群人中要避免碰撞，已经令受过良好教育的正方形绞尽脑汁，那么要是人群中有不规则图形，情况将会是一片大混乱。一旦出现惊慌，便会造成大众的严重损伤，若当中还有妇人或士兵，则会招致多人死亡。

因此，既然大自然赋予我们规则的体形结构，适当的做法是依从大自然规律而立法，与之配合。"体形不规则"，对我们来说，相当于、甚至严重于你们的背离道德并且作奸犯科，同样会受到相应的法律惩罚。的确有不少人在宣扬一些矛盾观点，说什么体形上的几何不规则与品德低劣不一定有关联。他们说："不规则的人自出生起便被父母嘲弄，被兄弟姊妹取笑，被家佣忽视，被社会轻蔑和不信任，无缘担当一切涉及责任、信任或其他有关公益的职位。他们的一举一动都被警察严密监视，直至达到某个年龄时再接受审查。一旦发现超越既定偏差界限，便会被处死，否则将被关在政府办公楼从事第七级的文书工作。他们被禁止娶妻，要干非常枯燥的工作，只能获取微薄的薪酬，要在工作场所吃住，连假期也被监视着。在这样的环境下生活，就算品性最优良、最纯洁的人，也会变得沮丧和堕落！"

所有这些看似合理的观点,并没有说服我们最优秀的政治家,同样也不能说服我。我们不认为我们的祖先做错了,他们指出制定政策要基于"容忍不规则体形会危害国家安全"这一公理。无可否认,不规则者的生活是艰苦的,但是为了大多数人的利益,他们的生活必须艰苦。假若允许前端是三角形而后面是多边形的人存在,并且任由他们繁殖更不规则的下一代,那么日常生活会变得怎样?是否平面国的房屋、通道、教堂都要改装,以便容纳这些怪物?是否戏院或演讲厅的验票员需要量度每个人的周长才允许他进入?不规则者是否无需服役?否则怎样防止他在军队里造成同袍的不安?还有,他的劣根性令他们不能抗拒冒名行骗的诱惑,他们很容易以多边形的前端走进商店,向深信不疑的商人恣意搜刮货物而图利!让那些所谓博爱仁慈的人为鼓吹废除"不规则刑法"而辩护吧!就我所知,所有不规则者都为人虚伪,憎恨世人,无恶不作,这是大自然赋予他们的品性。

(目前)我并不赞成采用一些省份的极端措施:婴儿出生时,如果角度与标准相差只有半度便轻率地处死。其实,我们有一些非常高级和能干的人,真正的天才,他们年幼时角度偏差可能高达 45 分或更甚,若当初处死了这些人,国家便遭受到不可弥补的损失。我们有一些矫正不规则的治疗技术,曾经取得了辉煌的成效,可以把部分或全部不规则的偏差纠正过来,这些技术包括使用压缩、扩张、钻孔、紧束,以及其他的外科手术或饮食控制。因此,我赞成采取**中庸之道**,不主张制定绝对不变的界线以决定是否处死婴孩,但是,在孩子骨架开始定形时,若医务委员会认为他们无法治愈,我则建议采用仁道无痛的方式,处死这些不规则的孩子。

8. 古时涂色的习俗

如果读者从开始便用心地阅读至此,听到我说平面国的生活有点沉闷,应该一点也不会惊奇。当然我的意思不是说这里没有战争、阴谋、骚乱、内讧和所有那些能令历史变得多姿多彩的事件;我也不否认,生活问题与数学问题在我们这里结合成奇怪的组合,不断引发各种数学猜想,提供机会让我们作实时验证,令我们的生活充满了一种你们空间国的人无法理解的激情。我说我们的生活沉闷,是从美学与艺术的角度而言,而且实在是非常沉闷。

当展示在我们眼前的景象,无论是风景、历史遗迹、人物肖像、花朵、静物画,全都是单一的直线段,除了明暗度不同之外全无变化,生活怎么会不沉闷呢?

但是,情况并非一向如此。按照传说,在远古时代有超过六百年的时光,颜色曾令我们的祖先有一段短暂的绚丽生活。传说当时有一位五边形的人物(他的名字说法不一），无意间发现较简单颜色的成分和涂色的基本方法，于是把自己的房子涂上颜色，然后把他的奴隶，接着把父亲、儿子、孙儿，最后连他自己也涂上了颜色。涂色方法既方便，效果又漂亮，大受欢迎及赞赏。每当"彩色人"（这是大多数有公信力的权威人士同意这样称呼他）转动他彩色的身躯，马上会引起大众的注意并受到尊敬。这样，人们不需要"触摸"便能认出他，也不会把他身体的前方错认为后方。他身旁的人不需费劲计算，便知道他的一举一动，于是没有人会碰撞他，或不给他让路。他不需要像我们这些没有颜色的正方形和五边形，在一群无知的等腰三角形人群中走动时，常常被迫声嘶力竭地表明自己的身份。

涂色的时尚风气犹如野火般地蔓延，不出一星期，"彩色人"所在的地区，除了一些较保守的五边形外，所有正方形和三角形都模仿他的做法把自己涂上了颜色。一两个月后，连十二边形也受到这种创新潮流感染。不出一年，除了最高层的贵族外，所有其他阶层的人都养成了涂色的习惯。不用多说，这种习俗很快由"彩色人"所属的地区蔓延到邻近的区域。经过两代人，平面国内除了女人和教士，所有人都涂上了颜色。

似乎大自然早已设置障碍,阻止这种创新风气蔓延至这两个阶层。要求改革的人,就以"图形是有边的"为主要论据,推动这项创新的涂色潮流。在那段日子里广泛流传着他们所持的诡辩:"大自然意旨是,辩别边的数目意味辩别颜色。"所有城镇都一度被这种涂色新文化所笼罩。但明显地,这个论点不适用于教士和女人,女人只有一条边,用学究方式来说,由于边的数目应该是众数,她们是**没有边**的;教士们若坚持自己是真正的圆形,而不是由极多条无限短的边组成的高级多边形,他们会惯于炫耀自己没有边(而女人却怨叹地承认自己没有边),有幸只拥有一条线的周界,即圆周。因此,这两种人不理会"既然大自然以边的数目辩别阶级,也就意味着我们可以用颜色辩别阶级"这个所谓的真理。当其他人着迷于用颜色装饰自己的身体时,只有教士和女人仍然保持着纯净,不受油彩污染。

有人形容"颜色革命"是不道德、放荡、无纪律、不科学等等,随便你怎样说,但是从美学角度来说,古代颜色革命的日子是平面国的艺术生涯的光辉童年。可惜小童未能长大成人,甚至连朝气蓬勃的少年也未达到。生活在那段时期的人真是快乐,因为他们能够看见颜色,就算在一个小型聚会中,聚集的人群看起来也是令人赏心悦目。据说在教堂或剧院里,与会者的缤纷色彩经常令人们分心,注意力不能集中在伟大导师或表演者的身上。不过,据说最令人着迷的是军队检阅时,其绚丽的场景,言词难以形容。

想象一下这样的场面:二万名等腰三角形同时转身,突然把暗淡的黑色底边换上夹着锐角两旁的橙色和紫色边;国民卫队是红、白、蓝三色的等边三角形;炮兵是深紫、鲜蓝、橙黄、深棕四色的正方形,他们在鲜红色大炮旁迅速旋转;外科医生、几何学家、侍从武官是五边形和六边形,他们在战场上飞奔,身上的五颜六色不停地闪耀。这些描述足以令人相信那个著名的传说:战场上一名杰出的圆形指挥官,被他的官兵所展示的优美场面感动,抛掉王室冠冕,大声宣布从此要当艺术家,以画笔代替元帅权杖。从当时的语言和词汇,可以窥见这个时期的艺术气氛是如何光辉伟大。在颜色革命的时期,即使最普通的市民,采用最平凡的言语,也充满着色彩丰富的词句和思想。现今,我们最优美的诗篇,和所有现代较严谨精确语言中还保留着的韵律,都受惠于那个时期。

9. 全民颜色法案

但是，与此同时，与智力有关的技巧却迅速地衰落。

大家不再使用视觉辨认技巧，因此，几何学、静力学、动力学以及其他有关科目，很快被认为是多余的，没有价值的，连在大学里也没有多少人选修。很快，低级的触摸辨认技巧，在小学里也经历了同样的际遇。此时，等腰三角形阶层宣称：由于顶角样本已不再被使用，也没有作用了，他们拒绝再按照惯例进贡罪犯到教育当局。以前他们为教育提供服务，这有两个优点，一来可以驯服他们的残暴性情，二来可以减少他们过剩的人口。如今，因免除了他们以往要承受的重担，他们的人数每天都在增加，他们也变得越来越傲慢无礼。

一年复一年，士兵和工匠们开始更激烈地指出，他们与高级的多边形没有多大区别，事实上的确越来越是如此。因为现在他们只要使用简单的颜色辨认步骤，就能克服所有困难，解决生活上的所有问题，无论是静态辨认还是动态辨认,所以他们已提升至等同于高级的多边形。虽然视觉辨认必然逐渐衰落,但他们还是不满意这样的状况,得寸进尺,大胆地要求立法禁止一切"垄断式和贵族化的技巧",并因此要求停止资助视觉辨认、数学、触摸技巧等课程。过了不久,他们又一次强烈指出,鉴于颜色已经成为人的第二天性,社会已经没有需要区别贵族阶层,因此法律也应作出相应的改变,规定社会上所有个体和所有阶层,从此完全平等,并享有相同的权利。

革命军首领发现社会的上层在这方面犹豫不决,于是继续添加条件,直至最后要求所有阶层的人都要涂上颜色,教士和女人也不例外,以向颜色表示敬意。有人反对这项要求,认为教士和女人没有边,不能涂色。他们反驳说,无论从大自然角度出发还是出于考虑人们的自身利益,都应该规定每个人的前半部(即眼睛和嘴巴部分)应该与后半部有所区别。因此,在一次全国大会的特别会议上,他们倡议一项法案:所有女人附有眼睛和嘴巴的半身要涂上红色,另半身要涂上绿色;同样地,教士也要涂色,以眼睛和嘴巴为中点的半圆要涂上红色,另外的半圆,即后半圆,要涂上绿色。

这个提议不无狡猾之处。它不是由等腰三角形所倡议(因为愚蠢的等腰三角形其顶角太小,没有足够的思考能力去理解这样的谋略,更不用说能想出来),而是由一名不规则的圆形提出的。由于人们一时的愚蠢而采取了宽大政策,此人在小时候没有被处死,因而给国家带来不幸,也使他的大量追随者遭受毁灭。

这个提议是经过精心设计的,希望吸引各阶层的女人站到彩色创新一方。支持革命的人倡议女人与教士涂上相同的两种颜色,使得从某些位置上望去,女人看起来会像是个教士,因而会受到相应的尊重和崇敬。这个法案对女性提供如此美好的愿景,当然会得到大批女人的支持。

有些读者也许不明白,在新法案下,为何教士和女人的外貌会被混淆呢?容我稍作解释便十分清楚了。

想象一下,当女人按照新法案装饰自己,把前半身(即有眼睛和嘴巴的那一半)涂上红色,后半身涂上绿色,你看到她的侧面是**一半红一半绿**的直线段。

现在想象教士也涂上颜色。下图的中点 M 是嘴巴,前半圆(AMB)涂上红色,后半圆涂上绿色,直径 AB 把红和绿分隔。如果你注视着这位大人物,视线与他的直径 AB 在同一直线上,那么你看见的是直线段 CBD,其中一半(CB)是红色,另一半(BD)是绿色。整段直线(CD)比女人全身长度的一半也许还要短,而且光度迅速朝两端暗下来。但是,现在人们每当看到颜色时,就立刻联想起阶层,看到颜色相同便误认为是相同的阶层,忽略了其他细节,因为在颜色革命时期人们的视觉辨认能力不断衰退,再加上女人一定能很快学会如何掩饰令两端暗淡起来,使得她看起来更像圆形。亲爱的读者,现在你们一定再清楚不过了,颜色法案置我们于极度危险中,因为年轻的女士会被错认为教士。

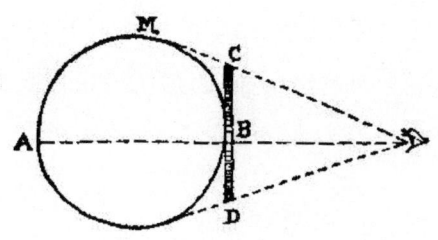

可以想象这个愿景是如何吸引女性的。她们满心欢喜地期待着混淆的出现:在家中,她们可以听到本来只是丈夫或兄弟才能听到的政治和教会的秘密,甚至可以假借教士的名义发布命令;在外面,她们只有夺目的红绿色组合而没有其他颜色,肯定会令一般人经常产生误会,以为她们是教士,于是她们就可像教士一般得到过路人的

尊敬。这是圆形阶层的损失。女人的轻浮和不得体的举止，将会被误认为是圆形人士作为。女人不会理会这些丑闻，也不会理会宪法因此受到颠覆的后果。就算是圆形人士家庭里的女人，她们也全部欢迎这项全民颜色法案。

这项法案的第二个企图，是要使圆形阶层意志逐渐消沉。当一般人智力逐渐衰退，圆形阶层尚能保持清晰头脑和思考能力。圆形阶层自幼开始就生活在完全没有颜色的家庭，只有他们能保留视觉辨认这项神圣的技巧，并且得到这项可贵的智力训练带来的各种好处。因此，直至引进全民颜色法案前，圆形阶层由于抵制涂色这种流行时髦玩意，不仅保持了自己的优势，甚至把其他人抛离得更远。

因此，那个狡猾的不规则圆形，即是我刚才描述这项邪恶法案的真正创始者，决定给予圆形阶层重重一击，强迫他们接受颜色污染，把他们从崇高的地位拉下来。同时，当圆形人士本来纯净无色的家一旦受到颜色污染，他们便丧失了在家中练习视觉辨认技巧的机会，因而智力便会衰退，并且父母和孩子在互相影响下会变得意志消沉。孩子只有在识别父亲和母亲的时候，才可以有机会运用理解力。但很多时候因为母亲冒充父亲,使孩子在辨认问题上遇到困难,于是对所有逻辑结论失去信心。从此,教士们的智力光芒便将逐步减弱,贵族的立法机制将完全崩溃,我们的特权阶级将被颠覆。

10. 镇压颜色叛乱

全民颜色法案纷扰持续了整整三年,在后期,国家好像已陷入了无政府状态。

于是,多边形组织了一支武装队伍,亲上战场,与强劲的等腰三角形军对抗,但全军覆没。此时,正方形与五边形不加入战事,保持中立。但更坏的事情是,有些非常能干的圆形人士,因家庭暴力事件而牺牲:在许多贵族家庭里,妻子们受到社会上的政治敌意影响,不断纠缠丈夫,恳求他们放弃反对颜色法案,其中一些知道她们的要求不会有结果,因而袭击并杀死了自己无辜的孩子和丈夫,最后自己也在屠杀过程中死亡。历史记载,在那三年动乱中,有不少于23名圆形人士因家庭纷争而丧生。

情势的确非常严峻,教士除了屈服或灭亡以外并无其他选择。就在此时,发生了一宗特别的事故,令形势起了根本变化。从政者绝对不应该忽略类似的事故,并且应该希望此类事故经常发生,甚至设法促使其出现,因为此类事情能取得民众的同情,因而产生大得难以置信的力量。

事情是这样的:有一个脑袋只有4度或多一点的低等等腰三角形,闯进一间店铺抢劫时,无意中用店里的颜料把自己涂上(或者找别人替他涂上,故事有多种版本)十二边形的12种颜色。然后,他跑到广场上,以伪装的声音跟一名少女搭讪。少女是一名已故的多边形贵族的女儿,此人不久以前曾向她求爱不遂。这一次,他采取了多项欺诈手段,并得助于一连串幸运的偶发事件(过程太长,不能细述),加上少女的亲属愚昧得令人难以置信,忽视了基本的防御措施,他竟然成功地与她完婚。当这位不幸的女子知道自己堕入了骗局后,便自寻短见。

这宗灾难的消息迅速传遍全国各省,在妇女群中激起了强烈震荡。她们既同情这位可怜的受害人,同时又预想自己、姊妹和女儿也有可能受骗,因此对"颜色法案"有了完全不同的看法。不少人甚至公开宣称她们已经转为反对派,其他人只要受到轻微怂恿也作出了同样的声明。圆形人士趁着这个有利机会急忙召开全国临时大会,除了安排由监犯所组成的警卫驻扎在会场,他们还号召一大群女性极端反对分子参加会议。

在前所未见的集会中,名为班图释古斯的圆形首长,在 12 万等腰三角形的嘘声和叫嚣声中站立起来。当他成功地令大家安静下来后,他宣布:圆形阶层采取让步策略,遵照大多数人的意愿接纳"颜色法案"。一时之间,喧嚣与叫喊声变为一片喝彩与掌声。接着,他邀请颜色革命的首领走到大堂中央,代表他的追随者们接受统治集团的投降。随后,圆形首长作了一个精彩绝伦的演讲。发言差不多费时一整天才结束,没有任何演讲摘要能道出其精髓。

他以严肃公正的姿态宣布:既然他们已经终于承诺要改革或创新,现在应该对整体事件作最后检视,查看"颜色法案"实行后会带来的利弊得失。他慢慢地道出商人、专业人士和绅士们将要碰到的危险。此时,等腰三角形们开始小声抱怨,于是他再度提醒他们,尽管"颜色法案"有这么多缺点,如果大多数人赞成的话他仍然愿意接受。但是,除了等腰三角形外,其他人显然都受到他的鼓动,或者改为保持中立,或者转为反对法案。

接着,他针对工人们的发言,强调不会忽视他们的权益;又说,如果他们有意接受"颜色法案",最少应该先检视一下这项法案所带来的后果。他指出,工人当中有很

第一部分——这个世界

多人即将被提升到等边三角形阶层,其他人虽然不能冀求自己能享有这个荣耀,也预期自己的孩子将会有机会。但是,当"颜色法案"实行后,因为阶级区分就不再存在,这样崇高的理想将要消失,规则与不规则将会混淆,进展将变成倒退,工人在几代以后将会沦落为士兵,甚至罪犯;政治权力将会落到人数最多的犯罪阶层的手中,他们的人数现时已经比整个工人阶层的多,一旦大自然的制衡定律受到破坏,他们的人数更会超越所有其他阶层的总和。

一阵低沉的赞同声在工匠群中传出,颜色革命首领惊恐起来,尝试走近,与他们对话,却发现自己被警卫包围,便被迫保持沉默。此时,圆形首长充满激情地向妇女们作出最后的呼吁。他强调说,如果"颜色法案"被通过,婚姻将得不到保障,妇女的名誉将不会受到尊重,家庭将充满欺诈、诡计和伪善,家庭里的喜悦与宪法同样会迅速遭到万劫不复的命运。接着,他大声喊道,"即将来临的,是死亡!"

这句话是事前约定的暗号,由等腰三角形监犯所组成的警卫马上行动起来,袭击该死的颜色革命首领并把他制服。其后,规则图形让路,一帮妇女进入。在圆形人士的指挥下,妇女的后半身向前,在隐匿的情况下准确地袭击了那些还未警觉到自己已经孤立的士兵;工匠们也追随规则图形的行动让路,监犯警卫一拥而上,以滴水不入的密集队形封锁了所有的出口。

战事,或者说大屠杀,只进行了短暂的时间。在圆形首长的巧妙统领下,妇女们的攻击差不多全部是足以致命的,她们自己却没有受伤,并立即准备作第二轮进攻。不过,她们无需再次进攻,因为乌合之众的等腰三角形自己完成了其余的事情:他们既惊慌又没有领头人,前方被看不见的敌人袭击,退路又被监犯警卫所阻截。一如过往,他们马上慌乱起来,高声叫喊"叛徒",以尖角互相残杀,把自己的同类视为敌人,他们的命运就此成定局。半小时后,14万名犯罪分子无一生还,只剩下一大堆等腰三角形的残骸,见证圆形阶层的胜利。

圆形阶层掌握时间,力求争取彻底的胜利:他们杀掉十分之一的工人,其余的留下;立即召唤等边形的民兵团出动;三角形若有理由被怀疑是不规则的,不需要经过社会局量度角度的程序,可以马上交由军事法庭处死;军人和工匠家庭受到审查超越一年。在这时期,所有城、乡和小村庄都有系统地展开清洗人口过剩的低下阶层,他们是没有被送往学校或大学充当样本的罪犯,以及违反平面国宪法其他法律的人。于是乎,社会的阶级分布回复到以前的平衡状况。

不用说,人们从此不能再使用颜色,连拥有颜色也是犯法行为。除了圆形人士或有资格的科学教师,任何人提及与颜色有关的字句都会遭到严厉的惩罚。只有在大学最高级最深奥的课程里(是我从来无此荣幸参与的课程),还允许人们有节制地使用颜色来说明一些高深的数学问题。不过对于这一点,我只是道听途说。

颜色在平面国的其他地方已经不再存在。全国只有一人懂得制造颜色的技术,他是我们的圆形首长。这项技术只会在首长临终时传给他的继任人。全国只有一间工厂生产颜色,那里的工人们每年都被杀掉,让新的一批工人进驻,免得生产秘密外泄。"全民颜色法案"引起的骚动,虽然发生在很久以前,但当我们的贵族阶层回顾这段惊心动魄的历史时,仍然感到心有余悸。

11. 平面国的教士

我应该撇下描述平面国的散漫随笔,回到本书的核心事件,即我是怎样认识三维空间的奥秘的。这才是本书的主旨,之前的段落只不过是本书的前奏。

基于这个原因,我需要放弃解释很多我自以为读者会感到有趣的东西。例如,我们没有脚,怎样行走和停止行动;我们没有手,不能像你们那样打地基,也不能利用自己身体承受泥土侧面的压力,怎样用木、石或砖搭盖房子;雨水怎样在不同区域形成,以保证北部地区不会阻截湿气降落在南方;我们的山丘和矿物、树木和蔬菜、季节和收割等的基本特征是什么;我们在直线书写板上写的字母是什么样子的;我们位于直线边上的眼睛怎样看东西。我没有细述以上这些以及诸如此类上百种与生活有关的细节,并非一时之疏忽,只是为了节省读者的时间。

不过,在进入正题前,我还要说明一些无疑是读者期待知道的事情,这就是支撑平面国宪法的中流砥柱,控制我们的行为和塑造我们命运的人,全民万分尊敬甚至崇拜的对象;我还需要指明他们就是圆形人士,即我们的教士吗?

我称他们为教士,请不要误会,他们与你们的教士不同。对我们来说,教士是所有商业、艺术和科学的管理人,是贸易、商务、军事、建筑、工程、教育、治国、立法、道德、宗教等的统领人。他们自己不做任何具体事情,每项值得做的事情都是其他人执行他们的命令而进行的。

一般人会认为,既然被称作圆形人士,他们的体形必定是圆的。但受过良好教育的人会知道,并不存在真正的圆,所谓的圆形其实只不过是由许多非常小的边组成的多边形而已。边越多,多边形就越接近圆形。当边的数目非常大时,例如,达到三四百时,就算最仔细的触摸,要知道它的角的大小也是极其困难的。其实,我应该说,**可能**是困难的,因为正如上文提过的,在最高级的社会里没有"触摸辨认"这回事,**触摸**圆形是非常不敬的冒犯行为。在极高级社会回避触摸的习惯,令圆形容易保持神秘感,他们从小就习惯藏起周界或圆周的真正面目。他们平均的周界是 3 英尺,也就是说,三百边形的边长小于百分之一英尺,即比十分之一英寸多一点;六百或七百边形的边长,比空间国的针头的直径略大一点。基于礼貌,大家一般都说圆形首长目前有一万条边。

圆形人士的后代在社会地位上升的过程不受大自然定律的限制,不像低级的等边形那样每一代只能增加一边。要是圆形人士也受制于这一大自然定律,我们便可以从他们的出身背景计算出他们的边的数目。例如,等边三角形在497代后,一定是五百边形。但情况并非如此。大自然定律有两项不相容的法则影响着圆形后代繁殖:第一,多边形的社会地位越高,边的数目增长越快;第二,他们的生育能力按同样比例下降。结果是,一个四百或五百边形的家庭很少有机会生儿子,而且从来不会超越一名。另外,五百边形的儿子可能是五百五十边形,甚至六百边形。

医疗技术也会帮助人们进行阶级跃升。我们的医生发明了一项技术,能把高级多边形婴儿的细小柔软的边准确地折断,分为两半,然后重新整顿他的身体结构,那么一名二百或三百边形的小孩,若被成功整顿,他的边的数目一下子增加了一倍,就像跳过二百或三百代,他的贵族成分也翻了一番。

这项手术是十分危险的,有很多非常有前途的孩子因而夭折,只有不足十分之一能存活下来。不过,处于圆形阶层边缘的多边形父母的野心极大,他们几乎都会把未满月的长子送到圆形化新法整形诊所进行手术。

手术成功还是失败,一年过后便可分晓。很有可能是这名孩子为新法整形墓园再添一座新坟。但在极少数情况下,一支快乐的队伍把孩子送回兴高采烈的父母怀里,这时孩子不再是多边形,而是个圆形了,至少礼貌上应该如此称呼他。单是一宗有如此愉快结局的事例,已足以让无数多边形父母前仆后继作出相同冒险,但其结局不尽相同。

12. 教士的教义

有关圆形的教义，可以简单地概括为一句格言："身体形状最为重要。"无论是关乎政治、教会或道德，他们的教诲的主要目标是要改进个人和集体的体形（当然以圆形人士的体形为标准），其他所有目标都是次要的。

圆形人士的功绩在于他们有效制止古老的异端邪说，使人们不再花费精力去相信这个离经叛道的说法："人的品德不是由身体形状决定的，而是由意志、努力、训练、鼓励、赞美或其他东西所决定。"上面提过的高级圆形人士班图释古斯，那位成功镇压颜色叛乱的名人，是他最早说服人类确信身体形状决定人的一切。例如，你出生本应是等腰三角形，但你的两边却长短不一，你肯定会犯错事，除非你把两边弄成相等，为此你一定要到等腰三角形医院治理。同样，如果你是三角形，或者四边形，甚至多边形，若你出生时出现不规则的情况，你一定要到规则图形医院治理，否则你将会被终身监禁在国家监狱里，或被国家刽子手处决。

按照班图释古斯的理论,人们的过失或缺点,从轻微不过的不当行为,以至罪大恶极的暴行,其根源都是他们不完全规则的身体形状。身体不规则有多种原因,或是天生的,或是在人群中被碰撞,或是疏于运动,或是运动过度,甚至是气温骤变令身体的敏感部分收缩或膨胀。这位著名的哲学家作出如下结论:因此,对一个人的公正评价,无论是要表扬还是谴责,都与此人的行为好坏无关。例如,对于一名尽力维护当事人利益的正方形律师,你为什么要表扬他的忠诚行为,而不赞美他的直角是准确无误呢?又例如,对于一名经常犯案的等腰三角形惯贼,你为什么要指责他的偷窃行径,而不哀叹他那两边长短不一而无法根治的症状呢?

从理论上来说,这套教义是无可置疑的,但实际执行时有时会有困难。若等腰三角形的流氓犯了偷窃罪,他进行诡辩,声称犯案是由于他的两边长短不一所致,裁判官可以认为既然他不能控制自己而犯案,只好判他死刑,事情便可了结。但是,对于一些家庭小纠纷,判死刑惩罚是不可能的,这时"身体形状最为重要"的理论便难以推行了。事实上,我的一个六边形孙子有时为他的顽皮行径申辩,说因为气温骤变令他的周界承受不了以致有些边增长或缩短,我不应该责备他,而应该归咎于他的身体形状，因此我应该给他大量美味的甜食以增强他的体魄。逻辑上我不能反驳他，但实际上我又不能接受他的诡辩。

就我而言，我认为施以一顿责骂或严厉训斥，对巩固孙子的身体形状有潜在的作用，虽然我承认这个想法是没有根据的。无论如何，不只是我要摆脱这种两难的困境，我发现很多最高级圆形人士也有同样的遭遇。他们在法庭上担任法官判案时，只会对人们的规则或不规则的体形加以赞赏或责备，但在家里责骂孩子的不当行为时，却用带有激烈并有情感的语气，大谈"正确"与"错误"，犹如这两个名词所代表的东西真实地存在，人们真的可以在二者之间选择其一。

圆形阶层长期执行的统治政策是要令"身体形状"成为每个人脑袋里的主要观念，其结果是我们在处理父母子女的关系上，与你们空间国的戒律刚好相反。你们教导孩子尊敬父母，我们则教导成年人，除了要尊重最崇高、人人都应崇敬的圆形人士外，还要尊重孙子，如果没有孙子便要尊重儿子。但是"尊重"不等于"纵容"，而是对他们的最高利益持有尊崇的态度。圆形人士的教导守则是：父亲的责任是把子孙后裔的利益放在自己的利益之上，从而使全国人民的福祉得以提高，自己的子孙后代也会得益。

圆形阶层统治下的社会制度的缺点,在我看来(容许我这个卑微的正方形,斗胆地说圆形人士可能有些缺点)是在他们与女人的关系上。

由于社会最重大问题是要避免诞生不规则图形的后代,因此希望自己的后代能够逐步攀上社会高层的人,不应与具有不规则成分祖先的女人结婚。

男人的不规则情况只需经过量度便可知道,但是女人的身体是笔直的,看起来也可算是规则的,因此要设计一些其他方法,以弄清她们有没有我称之为隐性的不规则成分,从而判断她们会不会产下不规则的后代。我们采用的方法是由国家监管记录并保存她们的家谱,如果没有经国家认证的身份,女人是不能结婚的。

那么大家可能认为,圆形人士既然对自己的祖先十分自豪,又非常关心自己的后代是否会出现一名圆形首长,因此在选择妻子一事上,他们会比其他人更加小心,一定要弄清楚意中人的家谱是否有污点。事实并非如此,他们的社会地位越高,他们越变得不那么小心了。渴望得到等边三角形儿子的等腰三角形,一定不会考虑历代祖先中含有一丁点不规则成分的女人为妻。至于正方形或五边形人士,他们有信心自己家族正在稳步上升,不会过问意中人的第五百代以前祖先的血统。六边形或十二边形人士对于妻子的家谱更是不在意。但是,据悉,有一位圆形人士结婚时,特意选择为妻的女子,其高曾祖父的体形却是不规则的,理由只不过是该名女士看起来比其他人更有润泽,又或许他迷恋于她的低沉有魅力的声音,因为我们比你们更加看重声音,认为低沉的声音是"女人最美妙的东西"。

可以想象,在这类未经深思的婚姻中,将导致妻子不孕;就算她能怀孕,出生的婴孩若非不规则的便是少了一些边。但是,所有这些弊端,至今尚未对这类婚姻起到遏制作用。已经高度发展的多边形,少了一些边是不会容易被人察觉的,而且有时也可以送到我曾提及的新法整形诊所,通过手术设法来补救。另外,圆形人士也太倾向于相信不能生育是高阶层发展的定律,所以对这类婚姻所产生的后果也不在乎。然而,这种恶习若不制止,圆形阶层萎缩的现象将会迅速加剧,在不久的将来,我们会因为无法产生圆形元首,最终导致平面国的宪法崩溃。

我还想到另一个棘手的问题,也是关乎我们与女人的关系,但并不容易找到补救方法。大概在三百年前,圆形首长判定女人欠缺理解能力,只有丰富的感情,因此他颁布一项法令:女人不应被视为有理性的,并且不应接受任何与智力有关的教育。从此,女人不再学习阅读,她们甚至没有足够的数学能力可以数出丈夫或儿子的角的数目,她们的智力也一代比一代明显地下降。这种"女性不能接受教育"或"轻视女性"的政策至今还存在。

我怀着善意指出我的忧虑:这项政策的施行在某种程度上会对男性造成伤害。

就目前的情况来说,这项政策的结果是我们男人生活在两种语言中,甚至可以说在两种精神状态中。与女人说话时我们谈及"爱"、"责任"、"正确"、"错误"、"怜悯"、"希望"和其他带有感情和非理性的概念,其唯一目的是要利用这些虚构的东西来控制精力充沛的女人;但是,我们男人之间和在书本里采用的是完全不一样的词汇,差不多可以称之为男性的独特语言:"爱"变成"预期的好处","责任"变成"需要"或"合适",其他名词也有相应的转变。还有,我们与女人说话时所用的语言好像对她们极为尊重,她们也确信我们对她们的尊敬不下于对圆形首长的。但是,我们(除了非常年幼的孩子外)在她们的背后都认为,她们只是比"没有脑袋的生物"稍好一点。

连我们和女人讨论宗教,与我们男人之间的讨论也是截然不同的。

我有个卑微的担忧,这种语言和思维的两面训练,对年幼的孩子会造成很大的负担,特别是当他们年约三岁刚要离开母亲的怀抱时,除了与母亲或保姆谈话要重复的一些学过的言语,必须抛掉已学会的语言,改为学习科学的词汇和男性的语言。根据我的观察,与三百年前智力旺盛的祖先相比,我们的数学理解能力是虚弱的。我还未指出另一危险:有可能一名女人秘密地学会阅读,并把她精读了的流行读本内容,广泛地告诉其他女伴;又有可能一些轻率或不服从命令的男孩子,把逻辑语言的秘密告诉母亲。基于男性智力逐年下降这个简单理由,我向最高当局提出谦卑的请求:请重新考虑妇女教育政策。

第二部分

——其他世界

"噢,
美好的新世界,
有这样的人活着在那儿!"

13. 梦游直线国

我们世代的1999年年终倒数第二天,也是长假期开始的第一天,我以解几何题——我最喜爱的娱乐——作乐直至深夜,休息时还想着未解决的问题。当天晚上,我作了一个梦。

我梦见一大堆短小的直线段(自然以为都是女人),中间散布有一些更细小的发光点。所有这些生物在同一直线上来回走动,而且走动的速度在我看来是一致的。

他们走动时会间歇地发出阵阵混乱的叽叽喳喳吵闹声,但当他们不动时却又是一片沉寂。

我走近这堆我以为是女人的人群,向其中一名个子最大的搭讪。她不理睬我,我一再重复,她都没有反应。我对这种无礼行径无法容忍,于是不耐烦地把嘴巴对准她嘴巴的正前方拦截她的去路,然后大声重复我的问题:"请问这位女士,这是什么集会?你们叽叽喳喳地奇怪地吵闹,是什么意思呢?你们为什么在同一直线上不停地来回走动?"

My view of Lineland

Myself

My eye

Women *A boy* *Men* *Men* *The KING* *Men* *men* *A boy* *Women*

The KING'S eyes much larger than the reality shewing that HIS MAJESTY could see nothing but a point.

My view of Lineland:我眼中的直线国;
my eye:我的眼睛;myself:我;
Women:女人;A boy:一个男孩;Men:男人;The KING:国王;
The KING'S eyes much larger than the reality
shewing that HIS MAJESTY could see nothing but a point:
国王的眼睛,绘成比真实的大得多,说明他只能看到一个点。

"我可不是女人,我是这个世界的君主。"短小的直线段回答道,"但你又是从哪里闯入我的直线国领土的?"听到这样突然的回答,我马上回应,若有惊吓或打扰国王陛下,恳请恕罪,然后告之我是外来者,请求国王介绍一下他统治的国家。但是,我无法从他的说话中取得我想要的资料,因为国王一直认为我已经知道一切他所熟识的东西,我只是跟他闹着玩假装不知道。不过,在持续不断地发问下我还是得到了一些答案。

大概是这样的:这个可怜无知且自称为君主的人,一生居住在他称为直线国的地方,自以为他的王国就是全世界,甚至是全宇宙。除了直线国外,他什么地方也没有到过或看到过,所以对外界完全没有概念。当初我对他说话时他没有答话,原因是他听到的声音与他惯常听到的完全不同,用他的语言来说,就是"没有看到任何人,声音好像发自我自己的肠内。"我把嘴巴放进他的世界之前,他根本看不到我,只听到一些嘈杂的声音撞击着我称为他的侧部——他却称为他的**内部**或**胃**。尽管如此,他对我来自的地方没有丝毫概念。对他来说,他的世界或直线以外的地方完全是空白。不,甚至不能说空白,因为空白蕴含了空间之意,不如说完全不存在。

他的男国民是短小的直线段,女国民是小点。他们走动和看东西都同样局限于同一直线,这直线就是他们的世界。不用多作解释便知道,他们的视野局限于一个点,他们能看到的也只是一个点。男人、女人、小孩、物品,在直线国的国民看来都是点,他们辨别他人的性别和年龄只能凭借所发出的声音。而且,由于每人占领在直线上堪称是自己宇宙的狭窄一小段,不能向左或向右移动让路给他人,因此没有人可以从别人的旁边走过。邻居关系于他们等同婚姻于我们:一日为邻,一生为邻,直至死亡才会分开。

能看见的只限于一点,能走动的地方只限于一直线,这样的生活在我看来沉闷得难以形容,但我十分诧异地发现国王既活泼又愉快。在这样不利于家庭关系的情况下,究竟他能否享受愉快的婚姻生活?我踌躇了好一会儿,不知道向国王陛下提出这么唐突的问题是否恰当。最后,我还是生硬地从询问他的家人健康状况着手,他说:"我的妻子们和孩子们都身体健康,生活愉快。"

他的回答使我大吃一惊。因为当我还没有进入直线国前,我看到国王的身旁只有男人。我冒险地询问:"请原谅我,我想象不出陛下如何看到或接近其他王室成员,因为最少有六个人在陛下前面挡路,而他们的身体并非透明,陛下又不能从他们的旁边走过。是否直线国的婚姻和传宗接代不需要近距离接触?"

"你怎么会问这样荒谬的问题?"国王回答道,"如果真的如你所说,这个宇宙很快便人口灭绝了。不,不是的,两心结合并不在于相邻,而孩子诞生是重要的事情,不能依赖偶然的相聚,这是你不可不知的。但是,既然你喜欢假装无知,那么我便把你看作直线国的小孩来教导你。你要知道,婚姻圆房是靠声音功能和听觉来完成的。

"你一定察觉到,所有男人除了有两只眼睛,还有两张嘴巴附上两个声带,生长在身体的两端,男低音在一端,男高音在另一端。虽然我不应该说出来,然而跟你谈话时我不能辨出你的男高音。"我回答说我只有一个声带,而且也没有察觉到国王陛下有两个。国王说道:"那么就证实了我的想法,你不是男人,你一定是一名拥有男低音的怪异女人,而且你的听觉完全没有受过训练。好了,让我继续说。

"大自然法则规定男人要有两名妻子……""为什么两名?"我问。"你假装无知得太过了!"他大声喊道,"一宗和谐的婚姻怎能少了四体合一呢? 也就是说一名男人的男低音与一名女人的女高音,和该名男人的男高音与另外一名女人的女低音的结合。"我问道:"假若男人喜欢娶一名或三名妻子,那怎么办?"他回答说:"这是不可能的,就好像二加一等于五或像有人看到直线那样不可能。"我正要打岔,但他继续说下去:

"大自然有一定律,规定每星期当中的一天,我们要按照旋律摆动得比其他日子更起劲,摆动时间是由一数到一百零一那么久。我们边唱边摆动身体跳舞,当摆动至第五十一下时,全宇宙的民众骤然停顿,然后各自发出自己最丰富最圆润最甜美的音乐旋律,婚姻就在这个关键时刻产生。男低音与女高音、男高音与女低音互相配合得天衣无缝,虽然距离二万里格(league)①,堕入爱河的人也能认出命中注定的爱人所发出的回应音符。然后,越过微不足道的距离障碍,爱情立刻把三人结合起来,实时完婚后,直线国将增添三名有男有女的下一代。"

"什么! 一定是三名?"我问,"是否其中一名妻子必须产下双胞胎?"

"是的,你这男低音的怪异女人!"国王回答,"如果不

---

① 里格是旧时长度单位,一里格大约等于五公里。——译者注。

是这样,不是一名男婴与两名女婴同时诞生,男女人口数目怎会得到平衡?你怎么会连大自然的基本原理也不知道?"他气愤得不能言语,我要等待好一会儿才能令他继续说下去。

"当然,你不能假设我们的王老五在一次婚姻大合唱中便能求爱成功。刚好相反,我们大部分人要反复经历这个过程才能找到合适的配偶。只有少数幸运的人可以一下子便能认出上天为他们安排的伴侣的声音,然后用声音来一个完美和谐的拥抱。大多数人的求爱过程都是漫长的,或者是求爱者的声音只配合其中的一名未来妻子,不能两名都配合;或者初期连一名也配合不上;又或者女高音与女低音不大协调。在此情况下,大自然规定的每星期大合唱,让他们调校声音达到接近和谐。每次高歌试唱时,一旦发现调子不一致,他们便会不动声色地调校其中不协调的声音,好让它更接近完美。经过多次尝试和多次调校后,美好的结果出现了,终于有一天,当例行的结婚大合唱在直线国响起时,分隔远地的三名恋人骤然发现大家的调子完全一致了。接着,在他们还未意识到之前就已经完婚,三名新人陶醉于双重的声音拥抱。大自然为多了一宗婚嫁喜庆,为迎接三名新生婴儿的来临充满喜悦。"

14. 我企图说明平面国的本质，但徒劳无功

我认为是时候要让国王从自我陶醉的状态清醒过来了。于是我决定要他明白一些真理，也就是要他知道关于平面国的事情。我以这段话开始："国王陛下怎样认出你的子民，怎样知道他们所在的位置呢？在我进入直线国前，我看见你们有些人是直线段，有些是点；有些线段较长……"国王打岔叫道："完全没有可能，你一定有幻觉。人人都知道靠视觉根本无法分辨线与点。分辨线与点只能用听觉，而且同样用听觉，你也可以准确地知道我的身形。你看，我是直线段，是直线国中最长的线段，超过六英寸的空间……""是长度吧"，我大胆提醒说。"蠢材，"他说，"空间就是长度。再打岔我便不再跟你说话了！"

我连忙道歉。他以鄙夷的态度继续说："既然你不接受人家说理，那么用你的耳朵，听听我怎样用我的两个声带发声让妻子们知道我的身形，现在她们与我的距离是

6000英里70码2英尺8英寸①,一个在北,一个在南。听着,我要向她们喊话了。"

接着,他便发出一阵叽叽喳喳声,然后自鸣得意地继续说:"我的妻子们首先听到我的第一个声带发出的声音,一段时间后她们听到我另外的声带发出的声音,在这一段时间内声音跨越了6.457英寸。因此她们得出结论:我的一张嘴巴距离她们比另外一张嘴巴多6.457英寸,借此得知我的身形是6.457英寸。当然你会明白,我的妻子们不用每次听到我的两种不同的声音便做一次计算,在我们结婚前她们已经做过一次计算,以后不会再做了。不过,她们在任何时间都可以重新再做。同样地,我可以用听觉得知任何一名男国民的身形。"

"但是,"我说,"如果一名男人只使用他其中的一种声带发声,并且假装成女人的声音,又或者他的南端用假声发音,而北端用原来的声音,让人听不出声音是来自同一人,怎么办?这种欺诈是否会产生混乱?另外,如果你命令相邻的人互相触摸一下,不就能查出是否有人作弊吗?"当然这是愚蠢的问题,因为触摸并不能达到此目的。

---

① 1英里=1760码,1码=3英尺,1英尺=12英寸,1英寸=2.54厘米。——译者注。

不过，我旨在刺激国王，此策略完全成功。

国王大为震惊地叫喊道："什么？说清楚些。"我回答："触摸、接触，即两人的身体互相靠近。"国王说："如果你的所谓**触摸**是两人互相走近至两者间没有任何空间，那么，陌生人，你要知道这在我的国度里是一项死罪。理由很简单，女性是受到国家保护的，她们非常纤弱，如此接近会令她们粉身碎骨。但是，由于男人不能以视觉认出走近的人是否为女性，法律规定全国人民不论男女，一律不能靠近至两者间没有空间。

"而且，这种不合法、不自然的过度接近，即你所谓的**触摸**，究竟能起什么作用呢？这样粗暴无礼的行径所能达到的目的，其实凭听觉就可以马上达到，而且更容易，更准确。至于你所谓欺诈的风险，完全不存在，因为声音是与生俱来的，不能随意改变。注意，就算我有穿透物体的能力，可以一个又一个地穿过数以亿计的子民，可以用**触摸**的方式逐一证实他们的大小和他们之间的距离，可是使用这个既笨拙又不精确的方法，所花费的时间和气力是多么庞大呢！然而，现在我只需要聆听一会儿，便能做到人口普查，取得直线国每一位国民所属地区、身体、智力、灵性等相关资料。聆听，只要用心聆听！"

这时,他停顿了一会儿,不说话,好像很陶醉地在听着一种声音,但我听起来只不过是无数极细小草蜢的唧唧叫声。

我回应道:"你的听觉确实对你非常有用,它能补偿你很多的不足。不过,容许我指出一件事,你在直线国的生活沉闷得透顶,除了一个点外,你们什么都看不到!甚至不能看见直线!不对,甚至不知道什么是直线!在平面国,我们有上天赐予的能看到直线的视野!你们虽然能够看见,但看得那么少,倒不如完全看不见!我同意,我的听觉精确度比不上你们,所以那些给予你们极度喜悦的直线国音乐,对我来说只是大量的叽叽喳喳的吵闹声。但是,至少我能用视觉分辨点与线。让我来证明一下吧。当我要踏进你的国土的前一刻,我看到你先由左向右,再由右向左跳着舞,在你的左边有七男一女,在你的右边有八男两女,对不对?"

"正确,"国王说:"就男女数目而言是正确的,虽然我不明白你所谓'左'和'右'的意思。不过,我肯定你没有看到他们,因为你怎能看见直线,即我们身体的内部?一定是你曾经听到过这些传闻,然后在梦境里看见过。让我问你,什么是'左'?什么是'右'?我认为这是你对北和南的说法。"

"不对的,"我回应道,"除了你的南北方向的走动外,还有另外一种走动,我称之为左右方向的走动。"

国王:那么,就请你示范给我看什么是左右方向的走动。

我:不,我做不到,除非你能完全跨出你的直线。

国王:离开我的直线?你是指离开我的世界?离开我的空间?

我:是的,离开你的世界,离开你的空间,因为你的空间不是真正的空间,真正的空间是个平面,你的所谓空间,只不过是一条直线。

国王:如果你不能示范这种左右方向的走动,那么请你用语言描述一下。

我:如果你连分辨你的左与右也不懂,恐怕无论我说什么也很难令你明白。然而,分辨左右是非常简单的事情,你不会完全不知道吧。

国王:我一丁点也不明白你所说的话。

我:唉!我要怎样说你才能弄清楚呢?当

你在直线上走动时,你可曾想过你**可以**改变一下走动的方向?转动眼睛向你的侧边所对着的方向,你可曾想过要朝着这一方走动呢?换句话说,除了总是朝着你其中一端的方向走,难道你从来没有想过要朝着你的侧边的方向走动吗?

国王:从来没有想过。究竟你是什么意思?人的身体内部怎能"朝着"某个方向呢?又或者一个人怎能"朝着"自己的身体内部走动呢?

我:好吧,既然语言不能解释清楚事情,让我尝试用行动来说明。我会慢慢地移动离开直线国,朝着刚才我所指的方向走动。

Lineland:直线国;
My body just before I disappeared:我消失前一刻的身体;
The King:国王

说罢,我开始移动身体离开直线国,只要我的身体还有部分留在直线国国土和国王视线内,他便继续叫道:

"我能看见你,我仍然能看见你,你没有动。"但当我的身体最后完全离开他的直线时,他尖声大喊道:"她消失了,她死了。"我回应道:"我没有死,我只是离开了直线国,也就是说,离开了你所谓空间的直线,进入了真正的空间,能够看见东西的真面目。此刻,我能看见你的线段,即你的侧部,或你喜欢称呼的你身体的内部,我也能见到在你的北方和南方的男人和女人,就让我逐一列举他们,说出他们排列的次序,以及他们的大小和相互的距离吧。"

我详尽地完成了这项工作,然后以胜利者的口气大声问道:"你现在是否已经相信我所说的话?"接着,便返回直线国,回到刚才的位置。

但是,国王回应道:"如果你是心智健全的男人的话——这点我存疑,由于你好像只有一个声带,毫无疑问你不是男人而是女人;无论如何,如果你有一丁点理智的话,你便会服膺于道理。你要求我相信,除了我知道的这一直线外,还有别的直线,除了我常常走动的方向,还有别的走动方向。反过来,我请你用语言或用行动指出你所谓的别的直线,你却动也不动,只玩弄法术伎俩,消失了又再重现。你没有清晰地描述你的新世界,只是说出我的随从的数目和他们身体的大小,这些事实是我国首都里任何一名小孩都知道的。还有什么事比你的言行更荒谬无稽、更胆大妄为的？你得承认你是愚昧无知的,不然你便马上离开我的国土。"

对于他的任性与固执,特别是他声称不知道我的性别,我非常愤怒。于是没有分寸地反驳:"你这执迷不悟的蠢材！你以为你是存在中最完美的人,其实你却是最不完美的、最低能的。你妄称能看见,其实你除了一点以外什么也看不到。你以能够推论一条直线的存在来炫耀自己,而我却是真正**能够看见**很多直线,因而能够推论其他形状的存在:角、三角形、正方形、五边形、六边形,甚至圆形。为什么我要跟你多说废话？我只需要说:我补足了你的欠缺;你只是一段直线,而我的身体是由无数直线段组成的,在我的国家我的名称是正方形。虽然我比你无限优越,但与平面国的杰出贵族相比,我只是微不足道的。我从平面国来到此地的目的是要启发你,使你不至于那么无知。"

听罢了这番话,国王威胁地大声叫喊着迫近我,好像要把我从对角线刺穿。他的无数子民也同时呐喊,声量不断增强,最后的声量比得上一支数十万名等腰三角形军队的咆哮,加上千名五边形炮兵部队的炮声。我像中了魔法一样不能动弹,既不能说话也不能走动,无法逃避迫在眉睫的毁灭。接着声音变得更响,国王走得更近……当我醒来时,早餐的铃声响起来,把我唤回到平面国的现实世界。

15. 从空间国来的陌生人

离开梦境,我重返现实世界。

是我们年代 1999 年的最后一天。滴滴答答的雨声早已宣告夜晚来临了。我和妻子坐在一起①,缅怀过去,展望将来——新的一年,新的世纪,新的千禧。

我的四个儿子和两个失怙的孙子已经各自回到房间休息,剩下妻子陪伴着我,一起等待这个千禧过去,迎接新的千禧来临。

我反复思索着最小孙子曾经漫不经意地说出的一句话。他是完美的六边形,一个非常聪明且有前途的青年,我和他的叔叔们经常指导他运用视觉辨别的技巧。我们常常用不同速度以自己身体中央为轴心旋转,要求他说

---

① 当我说"坐",当然不是指你们在空间国要改变高度的"坐"。因为我们没有脚,就像你们的比目鱼或偏口鱼,不能如你们那样"坐"或"站"。不过,我们能清楚地分辨出"躺"、"坐"或"站"意欲表达的精神状态,旁观者可从光泽的略微增强,知道相应的意欲增强。不过,我没有时间细谈这方面以及其他上千个与此相关的问题了。

出我们的位置。他的答案总是令人非常满意,我会教导他一些可以应用在几何学上的数学知识作为奖赏。

我取出9个边长1英寸的正方形,排成一个边长3英寸的大正方形,以此向小孙子证明,虽然我们不可能**看到**大正方形的内里,却可以知道正方形有多少平方英寸,做法是边长自乘。"因此,"我说,"由于3^2是9,所以边长3英寸的正方形有9平方英寸。"

小六边形沉思一会儿,然后对我说:"你曾教导我如何把一个数提升至三次方,我猜3的3次方一定有几何意义,那么它是什么呢?"我回答道:"什么意义也没有,至少不会有几何意义,因为几何只有二维。"然后,我示范如何把一点在直线上移动3英寸,得到3英寸的线段,以3表示;接着示范把3英寸的线段平移3英寸,得出边长3英寸的正方形,以3^2表示。

此时,孙子突然接过话来,重提他刚才的问题,大声喊道:"如果把一点移动3英寸得到3英寸的直线段,以3表示;把一段3英寸的直线段平移3英寸,得到每边长度是3英寸的正方形,以3^2表示;那么把边长3英寸的正方形平移3英寸(但我不知道如何进行),一定会得到一样东西(但我不知道是什么),它的每边长度是3英寸,以3^3

表示。"

"去睡觉吧,"他的打岔令我有些不快,"如果你少讲些无聊的话,便能多记些有用的东西。"

孙子悻悻然地退下去。我坐在妻子身旁,努力回顾1999年发生的事情,展望2000年将可能发生的种种,但聪明小六边形胡扯的那句话,在我脑中不停地重现。半小时的沙漏只剩下几颗沙粒,我从沉思中醒过来,把沙漏转向北方,是这个千禧年最后的一转。与此同时,我大声喊道:"这孩子是个蠢材。"

突然,我感觉到有人在附近。一种凉透心的气流实时贯穿我的身体,令我毛骨悚然。"他不是这样的,"妻子大叫道,"你违反戒律,羞辱了自己的孙子。"我并没有理会她,只是环顾四周各个角落,但看不见什么,却仍然**感觉**有人在附近,并冷冷地低声说话。我全身发颤,吃惊地跳起来。"什么事?"妻子问道,"这儿没有穿堂风吹进来。你在找什么?这儿什么东西都没有。"真的什么东西都没有。我重新返回座位,再次呼喊:"我说,这个孩子是个蠢材。3 的 3 次方没有几何意义。"我马上清楚地听到一个回应:"这个孩子不是蠢材,3 的 3 次方有明显的几何意义。"

妻子和我同样听到这句话,她当然不明白是什么意思。我们不约而同地转头朝着声音的方向望去,眼前出现的形状真令我们震惊万分!第一眼看到的好像是一名女人的侧面,但只要再多看一会儿,就发现这人的两端暗淡得太快,不像是女人。我猜应该是一个圆形,不过他改变身体大小的方式,不是我见过的圆形或规则图形可以做到的。

妻子没有我那么多的经历,也不够冷静,没有注意到这些特点。她以女性惯常的草率性格和莫名的嫉妒心理,马上断定是有一名女人从某一缝隙钻进了屋里。她大声叫道:"此人怎么会在这儿?亲爱的,你曾答应过我新房子不建造通风口的。"我说:"这儿确实没有通风口,是什么令你认为这个陌生人是个女人?我拥有视觉辨别的能力,我认为……"她回答说:"我对你的视觉辨别感到不耐烦了。""触摸为实!""看来是个圆,一摸是条线!"这两则谚语在平面国的女性群众中十分风行。

我唯恐激怒她,便说:"好吧,如果是这样,你就去要求互相介绍认识吧。"她以非常优美的礼仪朝着陌生人走过去,说:"女士,容许我触摸和被触摸……"这句话还没说完,她便猛然后退,叫道:"噢!不是女人,而且也没有角,完全没有。我是否触摸了一名标准圆形,对他犯了不敬之罪?"

"在某种意义来说,我的确是圆形,"那声音回应道:"而且我比平面国里任何圆形更完美。更准确一点来说,我是由许多个圆形组成的。"然后,他又温和地说:"亲爱的夫人,我有一个信息带给你的丈夫,但不便在你面前说。请容许我们退下一会儿……"但是,妻子没有接纳这个会给尊贵客人带来不便的建议,说应该是她离开,而且她的休息时间早已过了。她对刚才的失礼举止再三道歉,最后,终于返回自己的房间了。

我朝沙漏瞥一眼,最后一颗沙粒已经落下,第三个千禧年已经开始了。

16. 陌生人企图用言语令我明白空间国的奥秘，但徒劳无功

妻子的"平安呼喊"停下来后，我便走近陌生人，打算在较近距离观看他，并请他"坐"下来。我在近距离看到他的外貌时，惊讶得瞠目结舌，呆若木鸡。他完全没有角，身体大小和光亮度每一刻都在慢慢变化，凭经验我知道没有任何图形是可以这样的。一个想法闪过我的脑海，他可能是个窃贼或杀人犯，是假冒圆形声音的丑恶的不规则等腰三角形，不知用了什么方法进屋，正准备用他的锐角行刺我。

当时正值出奇干旱的季节，客厅中没有雾，因此我对视觉辨别不大有信心，尤其当时我站的位置非常接近他。我非常惊恐，不惜冒险冲向他，而后唐突地说："先生，请允许我……"，一边说一边触摸他。我的妻子是对的，他完全没有角，就是连一点凹凸不平或不均匀都没有，我从来没有见过比他更完美的圆形。他站着不动，任由我环绕他走。我由他的眼睛开始，走了一圈再返回原处。从

各方面看来,他的确是一个圆形,毫无疑问是个标准的圆形。接着,我们开始对话。这里,我尽我所能按照记忆把原来的对话记录下来,只省略一些一再重复的道歉言语。我对自己的无礼行径感到惭愧,我这个正方形竟然斗胆触摸了圆形,犯了对他不敬的罪过。对话是由陌生人开始的,他对我的不断的触摸感到有点不耐烦。

陌生人:你摸够了没有?我不是已经向你介绍过自己了吗?

我:非常尊贵的阁下,请原谅我的无礼,这并不是因为我不懂礼貌,只是阁下的意外到访令我有点惊讶和焦虑。我恳请阁下不要把我的轻率行径告诉任何人,尤其是内人。在继续谈话前,不知道阁下能否满足我的好奇心,让我知道您来自何方。

陌生人:来自空间。先生,我来自空间。除了空间我还能来自何方?

我:阁下,请原谅我。不过,此刻阁下和我不是已经在空间吗?

陌生人:啐!你知道空间是什么?请定义空间。

我：阁下，空间是无限延伸的长度和宽度。

陌生人：可见你真的连空间是什么都不知道,你以为空间只有两个维。我来到这里是要向你宣告,除了宽度和长度,还有第三维,那就是高度。

我：阁下真喜欢开玩笑。我们会把长度称为高度,宽度称为厚度,因此可以用四个名字表示两个维。

陌生人：我的意思不单是三个名字,是三个维。

我：阁下可否向我指出或解释这个我不认识的第三维的方向?

陌生人：我就是从那个方向来的,是在这儿的上面和下面。

我：阁下所指的大概是南北方向吧?

陌生人：我不是这个意思。我指的方向是你看不到的,因为你身上没有眼睛。

我：阁下,请原谅我,我是有眼睛的。阁下只要检查一下,便知道我其中两条边交界的地方,有一个完美的发光点,那就是我的眼睛。

陌生人:这点我知道。不过要看到空间,你需要的眼睛不是在你的周界上,而是在你的侧面,可能你会称它为你的身体的内部,但在空间国我们称它为侧面。

我:眼睛在我的身体内!眼睛在我的肚子里!阁下在开玩笑。

陌生人:我没有心情跟你开玩笑。我告诉你,我是从空间来的,但既然你不明白什么是空间,我就说我是从有三个维的地方来的。刚才我在那儿向下望,看到你的平面,即你所谓的空间。从刚才那个有利的位置,我看到所有你们称为**实体**的东西(凡"四周有边界围起来"的东西,你们都称它为实体),你们的房屋、教堂、衣柜、保险箱,甚至你们的内脏,所有这些都敞开在我的眼前。

我:阁下,这些话说得容易。

陌生人:你的意思是指我所说的话不容易证明,但我就是要证明给你看。

当我下来，到达这儿时，看见你的四个五边形儿子各自在房间里，还看见你的两个六边形孙子。我看见最年幼的六边形与你在一起，然后离去，剩下你和妻子。我又看见你的三名等腰三角形仆人在厨房内吃晚饭，还有一名小男仆在洗餐具。然后，我来到这里。你猜我是怎样进来的？

我：我猜是通过屋顶。

陌生人：错了。你自己清楚，你的房子最近修补过，甚至连女人通过的缝隙也没有。我曾说我是从空间来的。我能说出有关你的孩子和家庭的情况，你还不相信？

我：阁下要明白，任何一名邻居像阁下那么有本事获取大量的信息，一定很容易知道这些与我相关的事情。

陌生人：（自言自语）我应该怎样做？等一等，我还想到另一论点。当你看见直线，例如你的妻子，你会认为她拥有多少维？

我：阁下是否把我看作一名没有数学知识的老粗，以为女人是真正的直线，只有一维的形状？不，不是的，尊贵的阁下。我们正方形比他们有见识，我们和阁下一样清楚地知道，女人虽然被叫作直线，在科学角度上，她们其实是非常纤细的平行四边形，拥有二维，和我们其他人一样有长度和宽度（或厚度）。

陌生人：但是，正因为直线是可以看得见的，由此证实它还有另外的一维。

我：阁下，我刚才已经承认女人有宽度和长度。我们看见她的长度，推断出她的宽度。宽度虽然非常小，但还是可以量度的。

陌生人：你不明白我的意思。我的意思是当你看见一名女人时，你应该看到她的长度（除了推断她的宽度），也应该**看到**我们所谓的她的**高度**，虽然高度在你的国家是极小的。如果直线只有长度而没有"高度"，便不会占有空间，因此便看不见了。你一定清楚地认识这一点？

我：我得承认还没有完全明白阁下的话。在平面国我们是凭直线的长度和**亮度**看见直线的，如果亮度消失，直线就灭亡了，正如你说的不再占有空间。是否我可以说，阁下认为亮度也是维,我们叫"亮",你叫"高"?

陌生人:才不是呢。"高度"是维,一如你们的长度。只是在你们这里,"高度"极为细小,不容易被察觉出来。

我:尊贵的阁下,您所声称的可以很容易验证。您说我们有您称为"高度"的第三维,但是维意味有方向和度量,那么请您量度我的"高度",或者指示一下我的"高度"所延伸的方向。如果您能做到的话我便信服,否则,阁下只能宽恕我不能认同您的见解。

陌生人:(自言自语)这两件事我都做不到,如何说服他呢?对了,先向他简单说明一些事实,然后作一项示范给他看,肯定会奏效。

好吧,先生,听我说。

你生活在一个平面上。你所称的平面国的世界,就好像我们称为液体的东西的大片表面,你和你的国民就在这个表面上活动,或者说在这个表面中活动,但是你们不能上升或下降。

我的形状不是平面而是立体。你说我是圆

形,但实际上我不是圆形,而是由无数圆形叠在一起而组成的,圆形的直径大小由一个点至 13 英寸不等。当我像现在那样切入你的平面时,在平面得到的截面就是你正确无误称作的圆形。任何圆球(圆球是我在空间国的正式名称),如果要在平面国居民面前出现,他的面貌一定是圆形。

你还记得你进入直线国领域的梦境吗?因为我能看见所有东西,所以昨天晚上我看见直线国的幻觉出现在你的脑袋里。当时你在国王面前现身,你被迫以直线而不是以正方形出现,因为直线国只是一维,没有足够空间表达你的二维整体,你只能显示你的一部分或截面。同样地,你的国家是二维的,没有足够的空间让我表达我的三维整体,因此我只能显示我的一部分或截面,也就是你称作的圆形。

你目光里少了光泽,说明你不相信我。但现在我要为你提供有力的证据,以证明我告诉你的全都是真理。因为你没有办法把眼睛提高,离开你的平面,所以在同一时间你只能看到我的一个圆形截面,但当我向空间上升时,你至少会看到我的截面慢慢变小。看吧,我要向上升了,你将看到我的圆形越来越小,然后缩小至一点,最后消失。

我看不见任何东西"上升",但他变得越来越小,最后消失了。我一再眨眼睛,以便证实不是在做梦。确实不是梦。一种空洞的声音从不明的深处传来,好像来自我的心脏附近。"我是否已经离开了?你信服了吗?现在,我将慢慢重返平面国,你将会见到我的截面越来越大。"

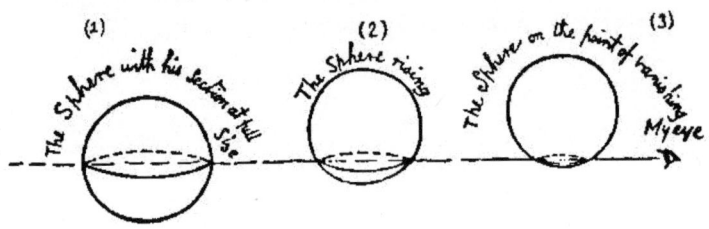

(1) The Sphere with his section at full size:球显示出最大的截面;
(2) The Sphere rising:球在上升;
(3) The Sphere on the point of vanishing:球将消失的一刻;
My eye:我的眼睛

空间国的读者都会很容易明白,我这位神秘嘉宾的话全都是再简单不过的事实,但是对于我这个虽然精通平面国数学的人,他的话一点也不简单。任何一名空间国的孩子,看了上面的草图也能清楚地明白其中的道理。

草图表示了圆球上升的三个不同位置,而我或任何一名平面国居民所能看到的,开始时是最大的圆,然后变小了一些,最后变得真是非常小,接近一点了。事实虽然摆在眼前,但我还是摸不着头脑。我只看到圆形变得越来越小,接着消失了,然后又再出现,并且迅速变大。

当他变回刚才的大小时,深深叹了一口气,因为他从我的缄默中知道我仍然完全不理解。确实如此,我现在认为他一定不是圆形,而是一名非常聪明的耍把戏的人,要不然我们所听到的荒诞故事确有其事,世间毕竟有巫术师和魔法师这类人。

他沉默了好一会儿,然后喃喃自语:"如果不以行动来说明,就只剩下这个最后对策了。让我尝试用类比来解释。"接着是更长的沉默,然后我们继续对话。

圆球:请你告诉我,数学家先生,如果一个点向北方移动,留下了光亮的轨迹,你怎样叫这轨迹?

我:一段直线。

圆球:一段直线有多少个端点?

我:两个端点。

圆球:现在设想这段直线段沿东西方向平移,它的每一个点产生的轨迹都是直线,那么得到的是什么图形?我们可以假设直线段移动的距离与直线段本身的长度相等。那么图形叫什么呢?

我:正方形。

圆球:一个正方形有多少条边?有多少个角?

我:有四条边,四个角。

圆球:再多想象一点。设想平面国的正方形向上平移。

我:什么?是向北吗?

圆球:不是向北,是向上,完全离开平面国。

如果向北方移动,正方形南面的点便会移到刚才北面的点的位置。我不是这个意思。

我是指你身上的每一个点(因为你是正方形,可以用你来说明),即你称为你的身体内部的每一个点向空间上升,使你身上没有任何一点会经过其他点原先占据的位置,并且每一点都描绘出属于自己的直线段。按照类比的道理,相信你一定清楚了。

我努力抑制住不耐烦的情绪,因为现在我有一股强烈的冲动,想不顾一切地冲向这名来访者,把他赶回到他的空间去,赶离平面国,或者赶到任何其他地方,这样我便可以摆脱他。于是,我回应道:"那么究竟通过你所谓的'向上'移动,我会把自己塑造出什么图形?我相信你可以用平面国的语言来形容吧。"

圆球:噢,当然可以,那是非常浅显和简单的,而且完全符合类比的道理。只是顺便提一下,移动得到的结果,你不应叫作图形,应该叫作立体。我会给你说明,不,应该说类比会给你说明。

我们以一个点开始,既然是一个点,它当然就只有一个端点。

一个点产生一段直线,它有**两个**端点。

一段直线产生一个正方形,它有**四个**端点。

现在你可以自己回答自己的问题:1、2、4当然是几何级数,下一个数是什么?

我:8。

圆球:正确。一个正方形产生**一个你现在还不知道名称但我们叫作"立方体"的东西,它有8个端点**。现在,你相信了吗?

我:那么,这个东西有没有边?有没有角?或者说有没有你们所谓的"端点"呢?

圆球:当然有的,完全符合类比。不过顺带一提,这东西的"边"并不是**你们的那种边,我们**称它为面,也就是你们所谓的实体。

我:那么,由我的身体"向上"移动产生出来、你们称为"立方体"的东西,有多少个是我称为实体的东西?或者说有多少个你们称为面的东西?

圆球:你怎么还要问?你是数学家呢!我可以这样说,任何东西的"边"都比这个东西低一维。因此,由于点是没有维的,于是点有 0 "边";我又可以说,一直线段有 2"边"(因为大家认为直线段的端点可以叫作它的"边");正方形有 4"边"。这样得到的数列是 0、2、4,你叫它什么级数?

我:算术级数。

圆球:那么下一个数是什么?

我:6。

圆球:正确无误。你看,你已经回答了自己的问题。由你产生的"立方体",将会被6"边",即6个你们所称的实体包围着。你现在明白了吗?

"怪物,"我尖叫,"无论你是魔法师、巫术师、魑魅,或是魔鬼,我不能再忍受你的愚弄了。不是你死便是我亡!"说罢,我猛然向他扑过去。

17. 当圆球不能用言语说服时,他如何诉之行动

我白费了气力。我用最坚固的直角大力撞向陌生人,力度大得足以摧毁任何普通圆形,但我感觉到他缓慢地溜走,捉摸不到。他不是在我的左方或右方慢慢移动,而是以某种方式离开这个世界,然后消失于无形。他本来占据的地方空下来了,我再也看不见他,但仍然可以听到他说话。

圆球:为何你拒绝听我说理呢? 我曾经希望你这个有思维能力的人、有成就的数学家,是传播三维福音的适当人选。我只能每一千年传播一次福音,但是现在我不知道怎样才能说服你。等一等! 有了,是行动! 行动可以代替言语显示真理。朋友,听着。

我曾经告诉过你,我在空间可以看到一切你认为已密封好的东西的内部。例如,我看见你身边的储物柜,里面有几个你称为箱子的东

西(但是,一如平面国所有东西,它们没有盖子和底部),它们装满了金钱。储物柜里还有两块记账的书写板。我将下降到储物柜里,为你拿一块书写板。我看到你在半小时前锁上储物柜,也知道你正拿着钥匙。我要从空间下降了。你看,你的门完全没有移动过。此刻我正在储物柜内要拿走一块书写板。我拿到了,我要拿着它上升。

我急忙走到储物柜,猛力打开柜门,其中一块书写板不见了。我看见陌生人带着嘲笑在房间的另一角出现,同时又看到地上有一块书写板,我拿起来一看,一点也没错,就是不见了的那一块。

我非常震惊,并哼哼作声,怀疑自己是否失去了理智。陌生人继续说:"你现在一定明白我的解释了,没有其他解释可以说明这个现象。你称为实体的东西,其实是平面的;你所谓的空间,其实只是大片平面。我在空间向下望,能见到所有东西的内部,而你只能看见它们的外表。你只需要强大的意志力便能离开平面,稍向上或向下移动便能看到我所见到的一切。"

"我升得越高,越远离你的平面,能看见的东西越多,当然所看见的东西会越来越细小。例如,此刻我正在上升,我看见你六边形的邻居和他的家人在不同的房间里;现在,我看到剧院的十道门打开了,观众正在离场;我看到在另一旁的屋子里,一名圆形坐在书房里,他的四周都是书本。好了,我回到你这里来。为了使你相信我所说的话都是事实,我将给你一个完美的证明。请让我碰一下你的肚子好吗?我只会轻轻触及一下,不会严重伤害你的,你会感到轻微的痛楚,但在智力上你却会大大获益,你所受到的痛楚与你得到的好处比较,简直算不了什么。"

在还未能提出抗议之前,我已感到体内一阵刺痛,并且有一阵好像发自内部的魔鬼笑声。过了一会儿,尖锐的痛楚停止了,只剩下一丝隐隐作痛。然后,陌生人重现,他说话时身体慢慢增大:"好了,我一点也没有伤害你吧?如果你到现在还不相信我的话,我不知道怎样才能说服你了。你还要说什么呢?"

我做出决定,不再忍受一名随意出现的魔法师用诡计作弄我的肚皮。但愿我能把他牢牢地钉在墙上,直至有人来支持!

我以最坚硬的角再一次向他猛冲,同时又大声向家人求救。但是我相信,在我行动前陌生人已经下降至我们的平面之下,而且他已经发现不能再上升了。无论怎样,他保持不动了。与此同时我好像听到有人正在赶来,我以加倍的力量压住他,继续高声求助。

一阵抽搐的颤抖穿透圆球的身体。我好像听到他说:"不,这样不行。或是他服膺真理,或是我采取最后的方法去启迪他。"然后,他大声并急促地对我呼叫:"听着,不能让其他人看到你刚才所看见的。在你的妻子来到之前,叫她立刻回去,不要因此挫败传播三维福音的工作,不要因此断送等待了一千年的成果。我听到她快要到来了,退后!马上退后!离开我,不然你就要跟我一起到三维国——一个你不知道的国度!"

"蠢材!疯子!怪人!"我大声叫喊,"我一定不会放走你。你冒名行骗,你一定会受到惩罚的。"

"嘿!是这样吗?!"陌生人怒喝,"那么你只好听天由命了,你将要离开你的平面了!一,二,三!成了!"

18. 我如何到达空间国，在那儿看到了什么

一股莫名的恐惧笼罩着我，面前先是一片漆黑，然后是一种令人眩晕、恶心的幻影，不像是眼睛所能看到的。我看到的直线不像是直线；空间不像是空间；连我也不像我了。当我能重新说话时，我痛苦地尖叫道："这若不是疯狂，便是地狱。""两者都不是，"圆球以平静的语气回应，"这是知识，这是三维，请你重新张开眼睛，设法慢慢去观察。"

我睁开眼睛环看四周。啊！好一个新世界！面前站立着一名圆形，明显地是将我之前推论的、猜测的、梦见的标准圆形的全部优点集于一身。我看到的好像是这位陌生人身体的中心部位，但看不见心脏、肺部或血管等。我只看到一个美丽和匀称的东西，我不知道它的名字。空间国的读者，你们称它为球面。

我心中已对这位带路人诚心信服，我喊道："噢，完美至善与智慧非凡的尊主，为何我看得到您的内部，却觉察

不到您的心脏、肺部、血管、肝脏呢？"他回答道："你以为看到了我的内部，其实你并没有真正看到，而且其他所有人也看不到。我与平面国的居民是不同种类的生物。假如我是圆形，你便能看到我的内脏。但是，正如我曾经说过的，我是另外一种生物，是由很多圆形合为一体而组成的。在我们的国家，这叫做圆球。正如立方体的外表是正方形，圆球的外表所呈现的是圆形。"

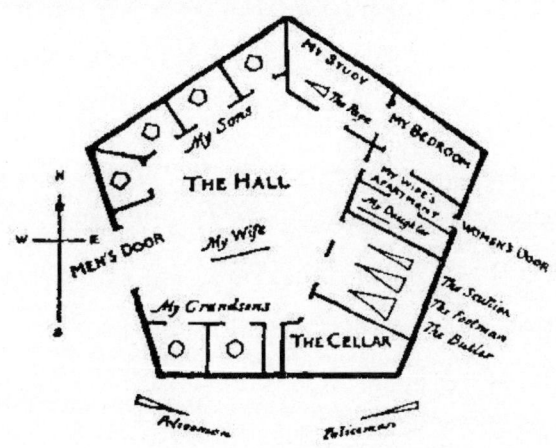

THE HALL:大厅；My Sons:我儿子；MY STUDY:我的书房；
The Page:小男仆；MY BEDROOM:我的卧室；
MY WIFE'S APARTMENT:我妻子的房间；
WOMEN'S DOOR:女人的门；My Daughter:我女儿；The Scullion:仆人；
The Footman:男仆；The Butler:男管家；THE CELLAR:地下室；
Policeman:警察；My Grandsons:我的孙子们；
MEN'S DOOR:男人的门；My Wife:我的妻子

虽然这位老师令人费解的话使我感到困惑,但是我不再感到恼怒,只是在心里默默地对他充满了敬仰。他以更温柔的语气继续说:"不要因为起初不能明白空间国更深层的奥秘而苦恼,你会渐渐领悟过来的。让我们先回首看一下你的国土,你来的地方。请跟我到平面国的平原走一会儿,我会向你指出你经常思索和想象,但从来没有用眼睛观察过的东西——一个用眼睛看得见的角。""不可能!"我大声叫喊。但是,圆球已经带路,我好像做梦似的跟着他,直至他的声音把我唤醒:"请看那边,你的五边形房子,还有房子里所有的人。"

我向下望去,亲眼看到了家中的各项细节,那些迄今为止我只能以理解推测得到的印象,与现在真实看到的相比,简直是模糊不清!我的四个儿子在西北方的房间里安静地睡觉;两个失怙的孙子在南方;佣人、男管家和我的女儿,各自在自己的房间里;只有受惊的妻子离开了房间,在大厅不停地走动,她正为多时见不到我而担忧,焦虑地等着我回来;同时,小男仆被我的叫声唤醒,走出房间,借口要确实知道我是否昏倒在什么地方,走进书房窥探储物柜内的东西。所有这些事情,我现在都能**看**得清清楚楚,而不必靠推测得知。当我们越走越近时,我还可以看到储物柜内的东西:两箱子黄金和刚才圆球提到的书写板。

妻子的忧虑感动了我,想跳下去安慰她,却发觉自己动弹不得。我的带路人说:"不要为你的妻子而忧虑,她不会担忧过久。现在,让我们一起视察一下平面国。"

我又一次感觉到自己在空间上升。正如圆球所说,离开越远,能看见的范围越大。我能看到我生活的城市,连同城市内所有的房子,房子内所有的人,这些都通通缩小了呈现于眼前。我们升至更高处,瞧,世界的秘密,矿井的深处,隐藏山中的大洞穴,也一一毫无遮盖地显露出来。

我为大地的奥秘能在眼前展示而惊叹不已。我对我的同伴说:"看啊,我好像已经成为神明了,因为我国最有智慧的人说,只有神明才能看见万物,即是拥有他们形容为**无所不见的能力**。"我的老师以轻蔑的语气回答道:"如果真的是这样,那么你们的智者一定会将我国的小偷和杀人犯敬若神明,因为他们全都可以像你现在这样看到一切。请相信我,你们的智者的话是不正确的。"

我:那么,是否除了神明外,还有其他人拥有无所不见的能力?

圆球:我不知道。不过,我国的小偷和杀人犯都能看见你的国土上的一切,你不会认为他们是你的神明吧。你所谓的**无所不见**(这不是空间国的常用词汇),它能令你更公正、更仁慈、更无私、更亲切吗？一点也不能。那么它怎样能令你更神圣呢？

我:"更仁慈"、"更亲切"！这些是女人的品质！我们都知道圆形比直线更高级,其原因是知识与智能远比情感更值得敬重。

圆球:按照人们的优缺点划分他们的能力等级,这可不是我做的。不过,空间国很多最优秀最有智慧的人,都更崇尚情感而不是知识,更崇尚你们鄙视的直线而不是你们崇尚的圆形。够了,不要再谈这些了。看那边！你知道那是什么建筑物吗？

远处有一座巨型多边形的建筑物,我认得出那是平面国的国家议会大楼。围绕大楼的,是密密麻麻、互相成直角的街道,街道两旁有五边形建筑物。我明白我们已经接近首府了。

"我们在这儿下降。"我的带路人说。此刻是凌晨,是我们时代2000年第一天的第一小时。国家的最高层圆形严格地按照过往的做法,正在举行庄严的秘密会议,就像在1000年第一天的第一小时和0年第一天的第一小时那样。

一名完美对称的正方形正在宣读以前的会议记录。我马上认出这人是我的哥哥,他是最高议会的总书记。每次这样的会议,都有如下的记录:"鉴于过去有各色各样不怀好意的滋事分子,声称从别的世界得到启示,并妄言可作示范表演以证明之,其用意是蛊惑人心,故最高议会一致通过,每千禧年之第一天,须命令平面国各区之行政长官,严查搜捕该等误入歧途人物,无需经过数学检查程序均可判刑:等腰三角形无论其顶角大小,执行死刑;等边三角形,执行鞭笞刑,然后再监禁;正方形或五边形,送进区内的疯人院;其他更高阶层的人物,则直接押送至首府,由议会审判发落。"

当议会正在宣读通过这项正式决议时,圆球对我说:"你听到你的命运了吧?宣扬三维福音的使徒将会被判死刑或监禁。""不会的,"我回应道,"我现在对事情非常清楚,真正空间的本质是那么明显,我认为我可以令小孩子们也明白过来。请让我现在下去,向他们说清楚。""慢点,"圆球回应说,"你稍后再去。目前我要执行我的任务。你留在这儿不要走开。"然后,他便以极度敏捷的身手跳进平面国的海里(如果我可以说那是海),刚好落在国会议员群中。他大声喊道:"我来是要向你们宣告:三维之地是存在的。"

当圆球的截面圆在议员面前不断扩大时,我看见很多较年轻的议员惊恐地退后,但圆形议会主席却没有表现出丝毫的惊慌或奇怪。他以一个手势,命令六名低等级的等腰三角形,从六个不同角落猛冲出来攻击圆球。"我们逮住了他,"他们大叫道,"不对,没有抓到;不,抓到了,他还在我们手上!他在逃跑!他逃掉了!"

议会主席向议会的新晋议员说:"各位大人,请勿感到奇怪。类似事情在上两次千禧年开始时也发生过,记载在只有我才能读到的绝密档案中。你们当然不会在会议厅外提起这些琐事吧。"

接着,他提高音调召唤守卫:"逮捕这儿的警察,塞住他们的嘴巴。你们应该知道怎样履行职责。"他安排了如何处理这些不幸的警察(他们无意中看到不能向外泄露的国家机密),然后继续向议员讲话:"各位大人,议会的议程已讨论完毕,祝各位新年快乐。"离开前,议会主席长篇大论地向总秘书,即我那非常优秀却非常不幸的哥哥,表达对他的真诚抱歉,因为按照先例,为保证国家机密不会外泄,必须判处他终身监禁,但保证不会处死他,除非他向别人透露该天发生的事情。

19. 虽然圆球已经让我看到空间国的其他奥秘，我希望知道更多，结果如何

看到我可怜的哥哥被带往监狱，我想跳下会议厅为他求情，或者至少和他道别，但发现仍然动弹不得，因为我的行动完全由圆球决定。他以沮丧的语气说："不要担心你的哥哥了，或许以后你有大量时间慰问他。请跟我来。"

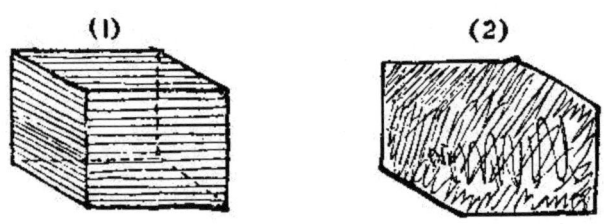

我们再一次升上空间。"迄今为止我只让你看到了平面图形及其内部，"圆球说，"现在，我要向你介绍立体，并且要为你揭示构作立体的方法。这里有多张我可以摆动的正方形卡片。现在我把一张放在另一张上。注意，我不是（如你以为的那样）把一张放在另一张的北方，而

是把一张放在另一张之上；然后放第二张，第三张，如此继续。你看，我正在用多个互相平行的正方形拼凑成一个立体。好了，我做了这个立体，它的长、宽和高都是一样的，我们将之称为立方体。"

"阁下，请宽恕我，"我回应道，"我只看到一个不规则图形，并且看到它的内部。换句话说，我认为我看见的不是立体，而是一个平面图形，形状和我们在平面国推测的一样，只是它不是规则图形，因此应该是一名丑恶的罪犯。他样子形状十分难看，令我的眼睛受罪。"

"对的，"圆球说，"在你看来它是平面的，因为你不习惯看到光线、阴影和透视，就像在平面国里没有视觉辨认能力的人一般，他们把六边形看作直线。但事实上这是一个立体，你触摸一下便可明白。"

接着，他介绍我认识立方体。我发现这个非凡的人物果然不是平面，而是立体，他有六个侧面和八个叫做立体角的端点。我还记得圆球的话，他说若正方形往空间平移，便可以产生这样的人物。想到我这样微不足道的人，在某种意义上会有如此显赫的后代时，我立即感到非常欣慰。

不过，我还是没有完全明白老师所说的有关"光线"、

"阴影"和"透视"的意思,于是便直截了当地向他表达了我的困惑。

若在这里我重复圆球给我的简明和清晰的解释,熟识这一切的空间国居民定会觉得冗长乏味。我只是想告诉读者,他用清楚易懂的言语说明问题,并以改变物体的位置和光线辅助说明,他甚至让我触摸他本人的神圣身躯和多件其他物体,最终我完全明白过来了。现在,我能够一下子区分开圆形与圆球体、平面图形与立体形状了。

在我充满传奇的一生中,此刻是快乐的顶点。在此以后,就是我将要叙述的我的痛苦的余生了——十分痛苦,极度冤枉! 为什么渴求知识的欲望只会带来失望和惩罚? 回忆起受到侮辱的痛苦时刻,我的意志力便随之萎缩。但是,我这个平面国的普罗米修斯(Prometheus)[①]会忍受这些痛楚,或更坏的刑罚,只要我能够在平面和立体人类中,触发革命思想以对抗骄傲自满,不把我们自己局限于二维、三维,或更高的有限维中。让个人的顾虑消失吧! 既然我已经开始了,便要不作他想,不畏首畏尾,不甘于在平凡中生活下去。我要把深深印在脑海里的事

---

① 普罗米修斯是希腊神话人物,因为盗取天火送给人间,被天神宙斯惩罚,锁在山崖上,遭神鹰折磨,后来得到大力神海格立斯拯救。——译者注。

实经过和言语,原原本本、丝毫不改地说出来,让读者在我个人与命运间作出裁判。

圆球本来十分愿意继续教导我认识各种立体的结构:正多面体、圆柱体、圆锥体、角锥体、五面体、六面体、十二面体以及圆球体,不过我大胆地打断了他的讲解,不是因为我已经厌倦了知识,刚好相反,我渴求得到更深刻、更充实的知识。

"噢,大人,请宽恕我,"我说,"虽然我不能再认为您是绝对完美的,但是,我还是要请求阁下容许我观看一下您的内部。"

圆球:我的什么?

我:阁下的内部,即阁下的胃,阁下的肠。

圆球:为何有此不合时宜的荒谬请求?你说我不再是绝对完美的,这又是什么意思?

我:大人,阁下的智慧教导我,要渴求比阁下更伟大、更优美和更接近完善的存在。阁下本身超越了平面国的所有图形,把多个圆形合为一体,因此几乎可以肯定有比阁下更为高超,把多个圆球结合为一体,比空间国所有立体更为优秀的至高无上存在。我们现在置身于空间国,向下望能见到平面国所有东西的内部,那么在我们之上一定有更高、更纯洁的地方,在那里我们可以看到空间国的东西的内部,那儿肯定是阁下有意领我去的地方。噢,阁下,无论在何地,无论在何维的国度,我将永远称您为我的教士,我的哲学家,我的朋友。您带领我到更广阔的空间,到更多维的国度吧。我们在那里找一个位置,一起向下俯瞰,那么立体东西的内部,包括阁下和所有圆球的内脏,将展示于我这名从平面国放逐出来的可怜的流浪汉的眼前,使我再次蒙受恩惠。

圆球:呸,无聊!够了,不要再多说废话!时间不多了,你还有很多事情要做,才能胜任向你盲目、愚昧无知的同胞宣扬三维福音的工作。

我:不,亲爱的老师,请不要拒绝我的这个请求,我知道阁下有能力做到的。恳请阁下让我看一下阁下的内部吧,从此我便满足了,以后我便是阁下完全驯服的好学生、阁下永远的奴隶,随时接受阁下的教导,以阁下的言论为精神食粮。

圆球：好啦,为了使你安静下来,就让我马上告诉你,如果我能够让你看,我一定会满足你的要求。但是,我做不到。你是否要我把内脏掏出来给你看?

我：但是,大人带领我到三维国度,让我看到二维国度所有我的同胞的内脏。那么,只要大人再带领我上路,到神圣的四维国度,在那儿大人和我一同往下俯瞰,便可以看到这儿的三维国度,看到每间三维房屋的内部,看到立体之地的秘密,看到空间国矿井里的宝藏,还有所有立体生物,包括最崇高最令人尊敬的圆球的内脏。

圆球：但是,这四维国度在何方?

我：我不知道,但老师您肯定知道的。

圆球：我不知道。这个地方不存在。你这个念头简直不可思议。

我：大人,对于我这不是不可思议的,对于老师您更加不是了。在此处三维国度,我相信大人有本领使第四维显示在我的眼前,正如在二维国度时,老师的好意是要让我这名瞎眼的仆人开眼去看第三维,虽然那时我没有看得见。

让我回顾发生过的事情吧。在下面的平面国时,您不是曾经教导我说,当我看到直线而推论是平面时,其实我看到的是未能识别的第三维,它与光亮不同,叫做"高度"?既然这样,是不是可以说,此刻在空间国,当我看到平面而推论是立体时,其实我看到的是未被识别、颜色不同,虽然极微小和不能量度、但的确存在的第四维?

除此以外,我们还有图形的类比作为论据。

圆球:类比!荒谬,什么类比?

我:大人是要看看我能否记得大人对我的教导吧!大人,请不要小看我,我渴望得到更多知识。不可否认,因为我们的肚子里没有眼睛,我们不能**看见**比空间国更高的地方。但是,正如那个可怜弱小的直线国君主,不能向左转也不能向右转,无法察觉出二维,可是平面国是确实存在的国度;又如三维国度是**真实**存在于平面国旁边,只是我这个可怜的睁着眼睛的瞎子,没有能力触及它,又因体内没有眼睛,无法看见它。所以,第四维是一定存在的,大人可以用他的内在思维察觉到它。是大人的教导让我知道第四维一定存在,难道您忘记了您对我的教导了吗?

在一维,移动一点,不就产生了有**两个端点**的直线吗?

在二维,移动一线段,不就产生了有**四个端点**的正方形吗?

在三维,移动一正方形,不就产生了一个我亲眼看到的,有**八个端点**,叫做立方体的神圣东西吗?

那么,按照类比,延伸这个道理到四维,移动神圣的立方体,不就会产生一个应该有**十六个端点**的更神圣的物体吗?

请看,2、4、8、16,这列已被确认无误的数,不就是几何级数吗?如果我可以引用大人的话,这不就是"完完全全按照类比"吗?

再说,大人不是已教导我,直线段的"边"是**两个**点,正方形的"边"是**四段**直线,所以,立方体的"边"不就是**六个**正方形吗?再看2、4、6这列已经被确认的数,可不就是算术级数吗?因此,在四维国度移动神圣的立方体,不就应该产生以**八个**立方体为"边"的更神圣的下一代吗?这不就是大人教导我要相信的"完完全全按照类比"的道理吗?

噢,大人,大人,请看,其实我不知道事情的真相,只是我对这个猜想满怀信心。我恳请您证实或推翻我这个合情合理的猜测。如果我错了,我会放弃,不再询问有关第四维的事情。但是,如果我是对的,大人就应该服从道理了。

因此,请问大人,您的同胞可曾见过一些比自己更高层次的生物从空而降,不用打开门窗就可进入关着门的房间,并且可以随意出现或消失,就如同阁下进出我的房间那样?我肯定是有的。如果您说没有,那么从此我不再提这个话题了。请阁下惠赐答复。

圆球:(停顿一会儿后)曾经有这样的报导,

不过人们对事情的意见并不统一。就算有这样的事情发生,他们的解释也不尽相同。无论如何,不论有多少种解释,还没有一种已经采用或使人联想到第四维的理论。因此,请不要再说这些无聊话,收心做正经事情吧。

我:我肯定有人见到过,我也十分相信我的推测是正确的。最优秀的老师,请您耐心一点,我还有一个问题恭请您回答!那些曾经出现、但不知从何处来、又不知其后回到何处去的生物,他们离去的时候,是否也收缩截面,然后以某种方法消失于更加广阔的空间,即我恳求您引领我去的地方?

圆球:(不耐烦地)如果他们真的来过,当然他们消失了。但是,很多人说这些情境是幻想出来的,来自幻觉,来自占卜者的古怪思想。你大概不明白我吧?

我:他们是这样说的吗?啊,请不要相信他们。或者,如果确实如此,这另一空间便是个幻想国度。那么,请您带我到这神圣的地方,在那里我在思考中可以看到所有立体东西的内部;

在那里我将会像着迷一样,看到立方体在完全不同的新方向移动,不过一定会按照类比,好使他的身体的每一个部分,穿过一种新的空间,并留下自己的痕迹,创造出比自己更完美的东西,以 16 个超立体角为端点,8 个立方体为"边"。到了那里时,我们会停止上升的行动吗?在那神圣的四维国度里,我们还只是徘徊在第五维的门槛而不进入吗?啊,不!还是让我们坚决地去实现身体上升的夙愿吧,然后第六维的大门将受到我们智力的进攻而大大打开,然后是第七维的,第八维的……

我不知道还能继续说多久。圆球大声地向我咆哮着,不断命令我停止胡说,威胁我如果不听命令便会施以极其严重的惩罚。但他的恐吓并不奏效,我对真理的渴求不断涌现,无法遏制。也许我的确应该被责怪,但我真的对他刚刚让我明白过来的真理着了迷。可惜结局很快来到了,我的说话突然被终止,因为身体内外同时受到撞击,促使我以高速穿越空间,令我无法再说话。往下!往下!往下!我迅速地下降。我知道回到平面国是我的厄运。我向下瞥了一眼,那是永远不会忘记的最后一瞥,展现在眼前的那片沉闷的荒野,现在将再次成为我的整个宇宙。然后，我陷入一片漆黑；接着，一声如雷巨响，一切结束了。我醒过来时，回复为一个普通的卑微的正方形，置身于家里的书房，听到妻子走近的"平安呼喊"。

20. 圆球在梦中鼓励我

虽然我只思考了不到一分钟,但基于某种本能,我知道应该对妻子隐瞒我的经历。这样做并不是担心她会泄漏我的秘密,因而给我带来危险,而是我知道平面国的任何一名女人一定都不会理解这段奇遇。因此我努力地编造了一些借口来安慰她,说我意外地掉进了地窖,在那儿昏倒了。

可是,在我们这里,来自南方的引力是非常轻微的,就算女人也会认为我掉进地窖的借口很奇怪,不可置信。我的妻子比一般妇女通情达理,虽然她察觉出我的异常兴奋,但没有在此话题上和我争辩,只是强调我生病了,需要休息。我很高兴有借口可以返回房间,静静地重温刚刚发生过的事情。最后,当剩下我独自一人时,有一阵昏昏欲睡的感觉入侵,但在闭上眼睛之前,我尝试着使第三维重现脑海,特别是当正方形移动时产生立方体的情境,可是效果不如我所期望的那样清晰。不过,我记得移动的方向应该是"向上,而不是向北方",我决定以这句话作为线索,牢牢抓紧它,便可以解决问题。于是,我机械地不停地念着:"向上,不是向北方",犹如念咒语那样,然后,慢慢进入了甜蜜的梦乡。

睡中我作了一个梦,我感觉又和圆球在一起了。他的外貌充满神采,表示他已经宽恕了我,不再对我恼怒。圆球让我注意一个极小的亮点,然后我们一起向它的方向移动。我们走近它时,我好像听到轻微的嗡嗡声,声音像你们空间国的绿头苍蝇发出的,只是声响更小,小得连我们在静止的空间飞行,要飞至距离它不足二十个人对角线的总长,才能听到它传来的声音。

"往那边看,"我的带路人说,"你在平面国已经生活过;你在梦中有直线国的经历;你也曾经和我一起上升到高处的空间国。现在,为了给你一套完整的经验,我要带你往下去,到存在的最深处,到定点国去,那是没有维的深渊。

"看看那可怜的东西。那个点和我们一样,也是生物,可是却被困在没有维的海湾,他自己就是自己的世界,自己的宇宙,除了他自己本身,他对其他东西没有丝毫概念。他不知道什么是长度、宽度或高度,因为他对这些都没有经验。他甚至连'二'这个数也不认识,也从来没想过'众数'这个概念,因为他本身是'一',也就是'所有',其实他什么都不是。不过,你要注意,他非常自满,从而得到教训:自满就是邪恶,是无知;胸有大志胜于只有盲目而虚弱的快乐。好了,留心听。"

他停止了说话。我细心地听到这只小东西不断地发出微小、低沉、单调但独特的叮咛声,就好像是由你们的留声机发出的一样,从中我听到了他的这句话:"存在是无限福气!就是它;除了它,再没有别的了。"

我问圆球:"这小东西所说的'它'是指什么?"圆球答道:"他指的是他自己。不知你有没有注意到,幼童和稚气的人不懂得分辨自己与外来世界,当他们说自己时,会用第三人称。安静!不要作声!"

"它充满空间,"小东西继续自言自语,"它所充满的,就是它自己。它所想的,它就说出来;它所说的话,它就听见;它集思想者、演说者、聆听者于一身,它也是思想、语言、聆听的总和;它是单一,也就是全部。啊,真快乐!啊,存在真快乐!"

"你不能唤醒一下这个小东西,使他不至于那么自鸣得意吗?"我说,"告诉它什么才是真实情况,就像你曾经告诉我的那样;向它显示一下定点国的局限性,带领它到更高境界。"我的老师回答说:"这不是件容易的事,你试试吧。"

于是,我竭尽所能提高声调,向这个小点喊话:"静下来,别吵了,你这可鄙的东西。你说自己就是全部,其实你什么也不是。你的所谓宇宙,只不过是条直线上的一个小点,而且直线也只不过是影子,相比于……"圆球打岔说:"够了,不要再说了。现在留心听听你对定点国国王的大声谴责产生了什么效果。"

国王听到我的话,发出更加明亮的光辉,从中可以清楚地知道他更加自满了。我还没有停止说话,他已经再一次用不变的语气说:"啊,喜悦!啊,思想的喜悦!有了思想,它做什么都会成功!思想向它涌至,令它藐视一切,从而增添快乐!甜蜜叛逆导致重大胜利!啊,万物归一的神圣创造力量!啊,喜悦!存在的喜悦!"

"你看,"老师接着说,"你的话起不了什么作用。就算这位君主能明白你所说的话,他也会将之当作是来自他自己的(因为除了他自己,他不知道还有其他人存在),并炫耀'它的思想'是那么多种多样,以此作为他具有创作能力的事例。就让定点国之神继续停留在他的无所不在、无所不知的愚昧状态好了,我和你都不可能把他从自满中拯救出来。"

接着,我们慢慢飘浮,回到平面国。我听到我的同伴以温和的语调对我说话,他指出这个梦境的寓意,又激励我要追求知识,同时也要教导其他人追求知识。他坦白地承认,对于我要求上升、超越三维的野心,他当时曾经很生气,但后来有了新的领悟,不过有点不好意思在自己的学生面前承认错误。接着,他引导我认识更高层次的奥秘,展示如何移动立体创造出超立体,如何移动超立体创造出超超立体,都是"完完全全按照类比",用的方法是如此简单,连女人也会认为显而易见。

第二部分——其他世界

21. 我尝试教导孙子三维的理论,有何成果

我醒来时十分愉快,开始思索如何开展传播三维福音的光荣事业。我认为应该马上行动,向平面国全体国民,包括女人和士兵,宣告三维福音,并决定由我的妻子开始。

正当我要开始行动时,我听到街上传来多种声音,命令大家安静;接着,有人用更响亮的声音讲话。原来是传令官有事项要宣布。我仔细地聆听,是议会的决议声明,指出若有人声称曾受到来自别的世界的启示,以谬论腐蚀人民的思想,将会被逮捕、收押或处决。

我认真地考虑了一下,认为这种危险不容忽视,还是避开为佳。于是,决定只字不提我得到的启示,而是以示范来说明,毕竟示范十分简单而且有说服力,就算不提启示也没有什么损失。"向上,不是向北方",这句话是整个证明的线索。昨天晚上,在我入睡前,它的意思相当明确。今天早上醒来时,它还是像一加一那样显而易见。

但是现在,不知怎么了,它的意思好像不大明显了。虽然这时我的妻子刚好进入房间与我交谈一些琐事,我还是决定不由她开始。

我的五边形儿子们有品格,有地位,他们是名誉卓越的医生,但不十分精通数学,不符合我的要求。于是,我想到我的一名既年青又温顺的六边形孙子。他有数学天赋,可能是最合适的学生。我为什么不以这名早熟的孙子开始我的实验?他对 3^3 不经意的言论,不是得到圆球的赞许吗?他只不过是个小孩,与他讨论应该是绝对安全的,因为他完全不知道有关议会的公告。儿子们就不同了,由于他们对国家的忠诚和对圆形的崇敬超过对亲人的盲目感情,如果他们发现我认真地坚持第三维这个离经叛道的煽动言论,我不敢肯定他们不会自动向地方官员举报我。

但第一件我应该做的事情,是要满足我妻子的好奇心。她自然想知道那个圆形为何要与我进行神秘会谈,以及他是怎样进入我们的房屋的。我不叙述与她谈话的内容细节了,因为我所告诉她的,恐怕并不像空间国读者的期望那样说出事情的真相。我只能满意地说,我最后成功地说服了她,让她安静地回去做家务事,不再向我探问任何与三维世界有关的事情。随后,我赶快找来孙子。说真的,我感觉到我的所见所闻,不知怎样已经开始慢慢地从脑海中溜走,就好像抓不到但又引人入胜的好梦。我渴望一试身手,收纳第一位信徒。

孙子进门后,我把门小心地锁好,然后坐在他的身旁,拿出我们的数学书写板(在你们看来是直线的东西),告诉他我们要继续昨天的课。我重新教他如何在一维移动一点得到一段直线,如何在二维移动一段直线得到一个正方形。然后,我勉强地笑了一下,说:"小鬼头,你曾经要我相信,可以用同样形式移动一个正方形,得到另外一个图形,是一种像是三维的超正方形,只是移动方向是:'向上,不是向北方'。小淘气,把这句话再说一遍。"

就在这时,街上再一次响起叫喊声:"肃静!肃静!"传令官要重新宣读议会的决议。我的孙子以他的年纪来说是绝顶聪明的,并成长在对圆形权威绝对尊崇的环境中。虽然如此,我还是没有预料到他对议会的决议有如此激烈的立场。他一言不发,等到决议宣读完毕,静下来后,他突然哭了起来,对我说:"亲爱的爷爷,昨天我说 3^3 有特殊意思,其实那时我只是闹着玩的,它当然没有什么意思。那时我们不知道有这项新的法令。我不记得我说过关于第三维的什么,我清楚地知道,我从来没有说过'向上,不是向北方'这句话,因为那是胡扯的话,东西怎么可以向上而不是向北方移动呢?向上,不是向北方!就算我是个婴孩,也不可能这样荒唐。真是愚蠢!哈!哈!哈!"

"一点也不愚蠢,"我动气了,拿起手上可以移动的正方形说道,"以这个正方形为例,我移动它,你看,不是向北方,而是……对了,我向上移动它……就是说,不是北方,我要移动它到另一处……不完全是这样的,但总之……"如此这般我结束了这段愚蠢的话,同时没有意识地摇晃着手上的正方形,令孙子觉得非常有趣,他放声大笑起来,宣称我不是要教他什么,而是要和他开玩笑。他一边说话一边打开门锁走出房间。就是这样,我结束了第一次要令人皈依三维福音的尝试。

22. 我用其他方法传播三维的理论，结果如何

经历了在孙子身上的失败，我不再与其他家人说出我的秘密，但我也没有因失败而失掉信心。我知道不能完全依靠"向上，不是向北方"这个口号，而是要努力找一个可以在公众面前清晰地表达整个事件的方法。为了达到这个目的，似乎我应该诉诸文字。

因此，我用了几个月的时间秘密写作，描述三维的奥秘。为了避免可能触犯法律，我不说实质的空间，而以幻想国代替。理论上，人们在这个国度俯身向下望，可以看到平面国，并看到其中所有东西的内部。那里还可能存在一种由六个正方形围起来、有八个端点的人物。不过，我写作时碰到困难，原因是我难以根据需要画出必要的示意图，这当然是因为平面国的书写板是直线，所有图都是绘制在同一直线上的直线段，只是线段的长度和亮度不同。因此，当著作（标题为"从平面国到幻想国"）完成后，我不知道有多少人会读懂我的意思。

此时，我的生活十分郁闷，对所有玩乐都提不起兴趣。眼前的东西都会招惹我，引诱我说出真话，犯叛国罪，因为我禁不住把在二维国度看到的东西，与我在三维国度看到它们的真实样子作比较，又几乎不能避免地大声说出来。我疏于照顾我的当事人和我的工作，整天花时间去思量曾经看过但又不能向别人透露的奥秘。而且，我发现，一天又一天，我越来越难以把看过的东西重现于脑海中了。

从空间国回来后大约十一个月的某一天，我闭起眼睛尝试在脑海中重现立方体，但失败了。后来虽然曾经成功过，不过不肯定显现的是否就是原来看过的那一个，其后的尝试也是如此。此事令我更加忧伤，我决定要采取一些行动，但是我又不知道采取什么行动。若能令人信服三维的存在，我愿意为真理牺牲自己的生命。但是，我连孙子也不能说服，又怎能说服我国最高级和思想最发达的圆形呢？

不过，有时我的情绪实在太高涨，不自觉地发表了一些危险的言论。我虽然还没有犯叛国之罪，至少已被认为离经叛道了。我清楚地知道我正身处险境。虽然如此，有时我还是不能自制，在最高等多边形或圆形的社交

第二部分——其他世界

圈中,我会突然说出令人起疑的半煽动言论。例如,当有人谈论如何对付那些精神错乱、声称接受了力量能看到东西内部的人,我会引述古时一名圆形人士的话:"先知和受神灵感召的人,常常被大多数人认为是疯癫的。"有时,我又会忍不住抛出一些可疑的言辞,例如,"眼睛可以看到东西的内部","无所不见的地方"。曾经有一两回,我甚至无意中说出"第三维和第四维"这些被禁用的名词。最后,一连串不太严重的过失演变为一项严重的错误:在某一次地方行政长官于官邸举行的地区性研讨会中,一名极度愚蠢的人朗读一篇文章,详尽解释为何上苍要限制空间不能超越二维,又为何只有至高无上的尊者具有无所不见的能力。此刻我竟忘了形,详尽地说出我和圆球的旅程,我们如何一起到达空间、到达首都国会议会厅、再回到空间、然后返回家的经过。我把所有实际发生过或在梦境出现过的事情,都一一说了出来。起初我还佯言在描述一名虚构人物的幻想经历,但是激情很快令我脱掉伪装,说出了全部真相。最后,在一段热情的结语中,我敦促听众们摆脱成见,相信第三维的存在。

还用我说出我的下场吗?我立即被逮捕,送到议会。

第二天早上,我站立的位置,刚好是几个月前当我和圆球一起时他所站立之处。我被允许继续叙述,不受盘问和打岔。但是,一开始我已经知道了自己的命运,因为在我发言前,当议长注意到警卫的角是略小于55度的高级警察,便命令他们退下,以角只是2度或3度的低级警卫取代,然后才让我开始。我太了解这意味着什么了:我将会被处决或收监,并且为了把我将要说的故事对外界保密,听过的公仆也将会被一并毁灭。议长的举措是要以卑贱的警卫代替较有价值的警察当牺牲品。

当我辩白完毕,议长可能察觉到一些年轻的圆形显然被我的真诚感动了,于是向我提了两个问题:

1.我能否指出什么是我所谓的"向上,不是向北方"的方向?

2.我能否用示意图或语言(除了列举虚拟的边和角的数目),描述我所称为立方体的东西?

我宣称再没有什么话要说了,只是说我要忠于真理,真理最终肯定会胜利。

议长回应说,他同意我的观点,而且认为我已经表达得很好了。他判我终身监禁,并认为如果真理的旨意是要我离开监狱并向世界传福音,我就应该相信真理会成全这个旨意。他并表示,在狱中我除了会受到一些防止越狱的措施外,将不会遭受任何虐待,而且我还可以偶尔获准探望比我早入狱的哥哥,但若我行为不当,便会丧失这项优待。

七年已经过去,我仍然关在监牢里。除了看守我的狱卒和偶然来看望我的哥哥外,我没有其他同伴。我的哥哥是最好的正方形之一,正直、理智、快乐,并非没有兄弟情。但我得承认,我们每周的会面,最少在某方面令我感到痛苦万分。当圆球在会议厅显现时,他也在那里目睹了圆球截面的变化,并且听到了圆球向圆形们解释这个现象。在整整七年的监牢中,几乎每星期和他见面时,我都会重复讲述在那次圆球显现时我扮演的角色,我又向他大量描述空间国的各种现象,以及解释如何以类比说明立体形状的存在。可惜我的哥哥还没有抓住三维本质的真谛,他坦率地说他不相信有圆球这种东西存在。

因此,我没有令任何人皈依三维真理。从我的经历看来,千禧年在我身上的启示,并没有什么成效。空间国的普罗米修斯能够把天火送给凡间,但是在平面国,我这名可怜的"普罗米修斯"却被关在牢狱中,什么都没有带给同胞。虽然如此,我还是希望这些回忆录,能以某种我不知道的方式,在某些维的空间中的人民中找到思想的立足点，藉以激励一些有叛逆精神的人，不再甘于被困在某个有限维的国度。

上述是我在心情较愉快时存有的希望。唉！可惜我不是经常如此。沉重的回忆不时压抑着我，我不能不老实地承认，我没有多大信心能清楚地记得那个我只看过一次、但时常怀念的立方体的形状。每晚梦回时分，"向上，不是向北方"，这句神秘的格言萦绕于脑际，犹如吞噬灵魂的斯芬克斯（Sphinx）的谜题。① 我为了宣扬真理而承受着殉道者的痛苦，导致不时出现精神恍惚，看到三维国度的立方体和圆球掠过脑海，直往不可能存在的境界，三维国度看来就像一维国度或零维国度那么虚幻。不仅如此，连囚禁我的监狱的高墙、现在使用着的书写板和平面国现实世界的所有大量发生的事情，都像来自病态的精神幻觉，或毫无根据、虚无缥缈的梦境。

---

① 斯芬克斯是希腊神话中带翼的狮身人首怪兽，住在底比斯（Thebes）附近的山上，常常拦住路过的旅客强迫他们解答谜题，若答错了便把他们杀掉。——译者注。